# 21세기
# 전래 동화
# 서스펜스!

―― 제3편 ――

### 21세기 전래 동화 서스펜스! 제3편
청소년과 어른들을 위한 동화책

**초판 1쇄 발행** 2025년 8월 22일

**지은이** 윤효재
**펴낸이** 장길수
**펴낸곳** 지식과감성#
**출판등록** 제2012-000081호

**교정** 주경민
**디자인** 윤혜성
**편집** 윤혜성
**검수** 이주연, 윤혜성
**마케팅** 김윤길

**주소** 서울시 금천구 벚꽃로298 대륭포스트타워6차 1212호
**전화** 070-4651-3730~4
**팩스** 070-4325-7006
**이메일** ksbookup@naver.com
**홈페이지** www.knsbookup.com

ISBN 979-11-392-1805-3(세트)
ISBN 979-11-392-2752-9(04810)
값 16,800원

- 이 책의 판권은 지은이에게 있습니다.
- 이 책 내용의 전부 또는 일부를 재사용하려면 반드시 지은이의 서면 동의를 받아야 합니다.
- 잘못된 책은 구입하신 곳에서 바꾸어 드립니다.

지식과감성#
홈페이지 바로가기

청소년과 어른들을 위한 동화책

# 21세기 전래 동화 서스펜스!

### — 제3편 —

윤효재 지음

**시대에 맞게 재탄생한 전래 동화 4편**
임금님 귀는 당나귀 귀 / 홍길동전 / 벌거벗은 임금님 / 호접몽

차례

제1장 **21세기 임금님 귀는 당나귀 귀** · *7*

제2장 **21세기 홍길동전** · *53*

제3장 **21세기 벌거벗은 임금님** · *101*

제4장 **21세기 호접몽** · *163*

에필로그 · *207*

# 제1장

## 21세기 임금님 귀는 당나귀 귀

**1. 왕국의 섬**

*2020년.*

"제 이름을 믿으십시오! 백성 민(民)! 하늘 천(天)! 백성을 하늘처럼 섬기겠습니다. 이 최민천이가 국민 여러분을 평생 섬기며 정치하겠습니다. 저를 뽑아 주십시오, 여러분!!"

"와아아! 최민천! 최민천!"

수많은 지지자들이 임금 선거 유세장에서 피켓을 아래위로 흔들며 BTS급으로 환호했다. 뒤에서 지켜보던 최민천의 지지자 최정의도 '최민천! 최민천!' 외치며 박수를 쳤다. 그때 어디선가 중얼대는 목소리가 들려왔다.

"백성 민, 하늘 천 좋아하네!"

최정의는 어떤 정신 나간 놈이 혼잣말을 하나 싶어 왼쪽으로 고개를 돌렸다. 욕을 해 주려다 그놈 오른쪽 뺨에 칼자국을 보고는 입을 다물었다. 칼자국 그놈은 최정의를 한번 보더니 서둘러 유세장을 빠져나갔다. 얼핏 봤지만 외모는 쿠데타 수준이었다.

'또라이 같은 놈!'

최정의는 그놈 뒤통수를 보며 혼잣말을 했다.

얼마 후 최민천은 제12대 임금으로 당선되었다. 원래 강력한 후보였던 백호석이 선거 한 달 전 불의의 교통사고로 하반신이 마비가 돼 후보에서 사퇴하는 행운도 있었다. 최민천 임금은 취임사에서 올바른 정치를 펼쳐 자신이 행운으로 당선된 게 아니란 걸 증명하겠다고 했다.

한편 최정의는 평상시 다정한 아빠와 남편 역할이었지만 선거철만 되면 정치에 미련을 버리지 못하고 가정은 내팽개쳐 둔 채 선거 유세장을 돌아다녔다.

이젠 마누라와 아들은 최정의에게 관심이 없는 듯 그러려니 했다.

서해의 수많은 섬 중에 '왕국의 섬'이 있었다. 이곳은 섬치고는 제법 큰 섬으로 인구가 30만이었다. 육지 대한민국에서도 독립적인 특별자치섬으로 인정해 별 간섭을 하지 않았다.

왕국의 섬의 군주인 임금은 세습제가 아닌 선거를 통해 공정하게 권력을 잡았다. 단임제가 아닌 4년 연임제였다. 국회의원은 없고 최고평의회라는 심의 기관과 임금이 함께 법을 만들었다. 법과 제도는 시대의 흐름에 맞춰 육지 대한민국의 것을 대부분 모방했다. 옛날과 현재 생활양식이 공존하는 왕국으로 국민들의 생활방식은 1990년대였다. 컴퓨터, 인터넷, 스마트폰 등 최신 기술은 없지만 사람들 간에 정과 따뜻함이 있었다.

임금이 된 최민천은 파격적인 정책을 무난히 펼치며 정권을 몇 년 동안 이끌었다. 임금 취임 후 바로 코로나 사태가 터지자 즉각 왕국의 섬을 봉쇄했다. 정치권과 국민들은 너무 오버한 거라며 비판했다. 조선시대도 아니고 요즘 역병은 의료기술 발달로 금방 끝난다며 취임하자마자 실망한 여론이 많았다. 하지만 나중에 전 세계가 2년 넘게 고생하는 걸 보고는 선견지명이 있는 임금이라고 추켜세우기 바빴다.

또한 조폭 같은 강력 범죄자들을 잡아들여 일명 '교화의 섬'에 격리 수용했다. 왕국의 섬에 딸려 있던 작은 교화의 섬은 그야말로 강력 범죄자들의 본보기였다. 물론 육지 물을 먹은 인권단체의 반대가 심했다. 인권단체는 육지 대한민국에서 1980년대 초에 있었던 삼청교육대를 모방한 거라고 비난했다. 임금도 모방한 사실을 인정했지만 무자비하게 잡아서 폭력으로 탄압하는 게 아니라고 했다. 강력 범죄자는 형량을 높여 처벌을 강화했고, 그들에게 한하여 총기 사용 범위를 넓혔다. 교화의 섬은 왕국의 섬과 격리시킨다는 상징적 의미도 충분했다. 아직 인권에 대한 의식 수준이 낮았던 섬 국민들은 강력 범죄자가 줄어드는 수치를 실감하고는 환영했다. 최민천 임금의 지지율은 올라갔다.

그러나 코로나 시국이 끝날 무렵, 최민천 임금에게 외모상 큰 약점이 생겼다. 바로 귀가 조금씩 자라는 이상한 병에 걸린 것이다. 최측근들만이 그 비밀을 공유했다. 귀를 가리기 위해 왕실에 있던 큰 왕관을 썼지만 귀가 점점 자라자 더 이상 맞는 게 없었다. 이발도 귀를 들키지 않기 위해 측근들 중에 군대에서 깎새 좀 했다는 무자격자가 했는데 '이 무슨 개콘 바보 캐릭터야!'라며 욕만 먹었다. 차라리 혼자 바리깡으로 빡빡 미는 게 낫다고 했다.

할 수 없이 임금에게 딱 맞는 왕관 제작과 이발을 위해 극비리에 외부에서 사람을 데려왔다. 일명 장인들이었다.

그때 뽑힌 장인 중 하나가 금속공예사 최정의였다. 최정의는 뛸 듯이 기쁜 게 아니라 진짜 땅을 박차고 뛰었다. 처음으로 임금님을 직접 대면할 생각을 하니 긴장되는 것보다 자신이 마치 정치에 입문한 기분이 들어 설렜다.

하지만 그는 처음 임금님 귀를 본 후, 그날을 잊을 수가 없었다.

"미리 말하지만 임금님 귀를 보고 놀라지 마시오."
새까만 양복을 입은 강준태 비서실장이 굵은 목소리로 귀띔을 해주었다. 그의 사각턱 얼굴이 임금님 귀보다 먼저 뇌리에 박혔다.
비서실장은 타이트한 하얀 와이셔츠를 입었는데, 하얀 와이셔츠 위로 굵은 목을 꽉 조여 맨 빨간 넥타이가 숨 막혀 보였다. 넥타이를 잡아서 위로 끌어 올린다면 사형수 올가미나 다름없었다. 그것도 세계 최초 컬러 올가미. 빨간 올가미에 걸친 까무잡잡한 얼굴은 사각턱이라 절대 빠질 것 같지 않았다. 최정의는 앞으로 저 사람을 속으로 사각턱이라 부르기로 했다.
최정의는 사각턱 말을 듣고는 그냥 귀가 좀 특이하겠지 하고 대수롭지 않게 여기며 임금님 집무실로 들어갔다. 임금님은 큰 벙거지 모자를 꾹 눌러쓰고 얼굴을 거의 가린 채 의자에 앉아 있었다. 임금님치곤 볼품이 없었다. 그다음 눈에 띄는 건 임금님의 의자였다. 티브이에서 얼핏 봤던 육지 대한민국의 인체공학적 PC방 의자로 보기만 해도 몸과 마음이 안락해지는 의자였다. 벙거지 모자를 쓴 볼품없는 임금님 얼굴과 대조를 이루었다. 테이블 위엔 벙거지 모자보다 작은 왕관이 놓여 있었다. 무거워 보이는 액세서리가 주렁주렁 매달려 삐까뻔쩍했다. 하지만 가장자리에 밀쳐놓은 듯한 자태가 자기 할 일을 다 한 품이었다.
최정의는 다시 벙거지 모자로 눈을 돌렸다. 모자는 터져 나갈 듯 잔뜩 부풀어 있었고, 임금님 표정도 뭔가 떨떠름했다. 임금님은 그를 잠깐 쳐다보고는 고개를 옆으로 돌려 벽에 큰 거울을 쳐다봤다.

어떻게 이런 볼품없는 분이 내가 뽑은 임금님이지?

최정의는 몸이 굳은 채 역시 거울에 비친 임금님을 힐끗 쳐다봤다.

"머리 치수나 빨리 재 보게."

사각턱이 뒤에 따라 들어와서는 빨리 하고 가라는 말투로 말했다. 심상치 않은 분위기에 그는 정치 입문이고 뭐고 심장이 불규칙 바운드였다.

"으흠." 임금님은 멋쩍은 듯 모자를 양손으로 살짝 잡았다.

보는 것만으로도 꽉 끼여 쉽게 빠질 것 같지 않았다. 임금님은 약간 더 힘을 주고는 잡아서 위로 당기려 했다. 모자가 머리에 박힌 것 같았다. 열 손가락에 모두 힘을 주고는 무를 뽑아내듯 쑥 당겼다.

허걱!

이거였구나!

최정의는 그제야 사각턱의 말을 이해했다. 사각턱이 깜찍해 보이긴 처음이었다.

임금님은 모자를 최정의에게 살짝 건넸다. 최정의는 반사적으로 두 손을 내밀어 받았다.

"이 비밀을 발설할 시에 넌 죽음이다."

사각턱이 이번엔 귀띔이 아닌 크고 굵은 목소리로 말했다.

최정의는 눈앞의 괴물체와 사각턱의 협박에 모자를 든 두 손이 중풍이 걸린 듯 떨렸다. 떨리는 손을 감추려고 얼른 모자를 테이블 왕관 옆에 던지듯이 놓고는 안쪽 호주머니에서 줄자를 꺼냈다. 줄자를 두 손으로 펼쳐 임금님 머리에 갖다 대고 둘렀다. 큰 귀가 두 손에 살짝 닿자 다시 두 손이 떨렸다. 그는 옆 거울로 임금님의 곁눈질과 눈을 딱 마주치자 번개를 맞은 듯 온몸이 찌릿했다. 흔들리는 눈알을 돌려 줄자를 두른 두상에 초점을 맞췄다. 드르륵… 일반인의 머리 둘레를 잴 때보다 줄자가 더 길게 뽑아져 나왔다.

귀만 큰 게 아니었어!

단지 귀 때문에 머리 크기가 소박해 보였을 뿐이었다.

최정의는 눈앞의 두 괴물체가 아른거려 초점 맞추기가 힘들었다. 벌써 노안이 왔나 싶었다.

"귀 크기는 안 재는가?" 사각턱이 다그치듯 말했다.

"아, 네."

최정의는 줄자를 세로로 하여 길이를 쟀다. 줄자가 귀에 닿을까 봐 역시 두 손이 떨렸다.

"왕관 액세서리는 어떤 보석으로 장식할까요?"

그는 아무렇지도 않은 척 머리와 귀 치수를 수첩에 적으면서 물었다. 여전히 적는 손은 떨렸다.

"아니, 아무것도 하지 말게. 그냥 귀만 확실히 덮을 수 있도록 해주게." 임금님은 낮게 깔린 목소리로 대답했다.

최정의가 거울 쪽으로 고개를 돌리자 임금님은 무덤덤한 표정으로 그를 바라만 보았다. 최정의는 테이블에 놓인 왕관으로 눈길을 돌렸다. 그냥 보기에도 주얼리 액세서리 장식이 잘된 왕관인데 왜 하지 말라는 것인지 알 수 없었다.

"안 그래도 왕관이 점점 커져서 무거워서 말이야. 장식까지 한다면 목에 깁스를 할 수 있거든. 헛!"

임금님은 모든 걸 포기한 표정으로 헛웃음을 지었다. 최정의는 그 헛웃음 짓는 표정이 애처로웠다.

"그렇다면 보석을 모두 빼고, 왕관 크기도 줄인 뒤 왕관에 천을 이어 붙여 귀를 가리는 디자인은 어떠신가요? 검소하게 보여서 국민들이 더 좋아할 수도 있지요."

그는 위로한다고 던진 말이었는데 아차 싶었다.

괜히 주제넘은 말인 걸 인지하고는 고개를 숙여 수첩에 '액세서리 ×'라고 안 적어도 될 글자를 끄적거렸다. 살짝 사각턱의 눈치를 보자 사각턱이 째릿, 최정의를 노려봤다. 최정의는 반사적으로 눈을 돌렸다.

"그거 괜찮은 것 같기도 한데. 비서실장은 어때?"

임금님은 눈에 힘을 풀며 물었다. 화를 낼지도 모른다는 최정의의 예상과는 다른, 부드러운 목소리였다.

"뭐, 전화위복이 될 수도 있겠습니다. 좀 더 서민적인 이미지가 될 수도 있지요."

사각턱도 얼굴에 힘을 풀며 맞장구쳤다.

휴~ 살았다! 하며 최정의는 거울을 보며 억지 미소를 보였다.

"그럼 나중에 소박한 왕관을 쓴 모습으로 국민들을 만나야겠군."

임금님은 거울을 보며 최정의와 눈이 마주쳤다. 그는 눈길을 피하지 않고 받아들였다.

### 2. 최정의와 깎새 그리고 대나무숲

최정의는 처음에 금속공예사라는 직업을 할 줄은 몰랐다. 그는 어려서부터 아버지 일을 돕다가 손재주 유전자를 이어받았는지 재능을 발휘했다. 원래 꿈은 정치인이었다. 그래서 성인이 되어서는 '최정의'로 개명까지 했다.

"아버지, 전 정의로운 왕국을 건설하는 정치가가 될 거예요."

그는 이 말을 어렸을 때부터 섬에서 비린내 맡듯이 말하곤 했다.

대학 전공도 정치외교학이었다.

하지만 현실은 쉽지 않았다. 최정의는 졸업해서 정치 경험을 쌓기 위해 정치 관련 단체에 가입했다. 각종 정치 행사와 선거 자원 봉사자로 일하기도 했지만 정치 입문은 쉽지 않았다. 이리저리 정치판만 기웃거렸지만 별 소득이 없었다.

"정치는 무슨 정치! 내 과업을 이어받거라. 이래 봬도 내가 요즘 금속공예 분야에서 장인으로 알아주거든."

아버지는 최정의 앞에서 우쭐댔다. 아버지는 죽기 전까지 최정의에게 모든 기술을 전수해 주었다. 그는 먹고살아야 하니 가업을 이어받았다. 어느새 그도 50대에 장인 소리를 듣게 되었다.

그러다 운 좋게 임금을 볼 수 있어서 그토록 외쳤던 정치에 입문할 수 있는 희망을 가지게 되었다. 임금님의 큰 귀 덕분에 그는 미리 눈도장을 찍은 셈이었다.

왕국에서는 이발사도 불렀다. 일명 '깎새 이발사'로 「생활의 장인」 프로그램에 나왔던 이발사였다. 역시 임금님 귀에 관한 이야기는 절대 비밀이었다.

최정의와 깎새, 둘은 동갑인 데다 같은 입장에서 특급 비밀을 간직하며 친해졌다. 주로 최정의의 작업실에서 자주 만났다. 깎새는 턱이 뾰족했고 아이러니하게도 머리는 덥수룩한 더벅머리였다.

"도대체 네 머리는 어떤 놈이 깎는데?"

최정의는 화가 날 정도로 물었다.

"내 머리는 내가 깎지."

깎새가 눈 하나 깜짝하지 않고 말했다. 최정의는 '중이 제 머리 못 깎는다.'라는 옛 말이 틀린 게 없다는 걸 몸소 체험했다.

"내가 임금님 귀를 처음 봤을 때 그 더벅머리보다는 징그러운 큰 귀를 싹둑 자르고 싶었지 뭐야. 하하하!"

깎새는 최정의 앞에서 질색하는 표정을 지으며 참았던 말을 쏟아 냈다. 최정의는 깎새의 머리를 슬쩍 보며 웃었다.

"임금님은 자신이 임금만 아니었으면 최신 유행하는 헤어스타일로 자르고 싶다 하시더군. 티브이에서 봤는데 육지 대한민국의 베이비펌이 귀엽게 보인다나 어쨌다나."

깎새는 생각만 해도 웃긴 모양이었다. 최정의도 피식 웃었다.

"그래서 나 혼자만의 아이디어를 생각 중이야. 왕관을 쓰면 옆머리는 눌려서 어찌할 수 없지만, 위로는 머리를 길러서 예쁘게 꾸미는 거야. 새로운 헤어스타일을 개발하는 거지."

최정의는 깎새의 말에 혼자 상상을 했다. 화분처럼 생긴 왕관에 나무나 꽃을 심은 머리, 산다라 박의 야자수 머리, 피구왕 통키의 불꽃 머리 등 위로 솟은 머리는 다 상상해 봤다.

"예를 들면, 무도사나 배추도사 머리, 미래소년 코난의 포비 머리, 심지어는 화분에 심은 알로에 머리, 산다라 박 야자수 같은 머리까지 생각났어. 웃기면서 재밌을 것 같았거든. 임금님한테 시뮬레이션해 보고 특허 낼까 생각 중이야. 하하!"

깎새는 자기 머리를 움켜잡고 위로 당겨가며 우스꽝스럽게 설명했다.

이런, 생각하는 수준하고는!

그 후로도 만날 때마다 깎새는 헛소리를 섞어 가며 말을 쏟아 냈다. 알고 보니 이발소에서 손님들한테 말이 많다고 소문난 이발사였다.

"안 그래도 손님들이 내가 말 좀 줄이면 손님 열 명은 더 받겠다 하더라고. 하하! 난 하루라도 말을 많이 하지 않으면 혓바닥에 가시가 돋치거든."

"임금님 이발할 때도 그렇게 말을 많이 해?"

최정의가 걱정스럽게 물었다.

"딱 처음에만 겁이 나서 입을 다물었지. 하지만 견딜 수가 있어야지."

최정의는 그다음이 궁금했다.

"그래서 솔직히 말씀드렸지. 말을 해야 이발을 잘할 수 있다고. 그래서 그다음부터는 허락을 받았지."

"정말?"

"대신 임금님은 큰 헤드셋을 쓰고 육지 대한민국의 노래를 듣고 있었지. 볼륨을 얼마나 크게 했던지 밖으로 새어 나올 지경이었어. 그때 노래가 아이러니하게도 걸그룹 트와이스의 「토크 댓 토크(Talk that Talk)」였어. 임금님은 뭔 노랜지도 모르고 내 말만 안 들리면 그만이라는 것 같았어. 난 노래 제목대로 혼자 계속 지껄였지 뭐. 하하!"

이렇게 최정의는 깎새와 비밀을 간직한 채 몇 달이 지났다.

정치도 무난히 잘하는 데다 소박한 왕관이 국민한테 먹혀들어 왕 지지율은 더 올라갔다. 최정의는 임금님과 사각턱한테 칭찬을 받자 좋은 날을 기대하며 비밀을 꾹 간직한 채 지냈다.

하지만 원래 말하기를 좋아하는 깎새는 혓바닥이 간질간질해서 정신병이 날 것 같다고 털어놨다. 최정의가 봐도 깎새 안색이 좋지 않았다.

"이발소 손님들도 요즘 내가 무슨 걱정이 있냐며 물었어. 그때마다 임금님 귀는 당나귀 귀라고 손님 귓구멍에 대고 외치고 싶었어. 달팽이관이 나가든 말든 말이야."

최정의는 깎새가 기분이 좀 풀리도록 공예품을 보며 듣고만 있었다.

"한번은 할아버지 손님이 말하기를 손녀하고 동물원 갔는데 손녀가 당나귀를 보고 반해 버렸나 봐. 얼마나 귀여워했는지 손녀가 우뚝 솟은 당나귀 귀를 잡아당겼대. 난 순간 바리깡을 움찔거려 머리를 쥐 파먹은 것처럼 해 버렸어."

"그래서 손님이 뭐라 했어?"

최정의는 공예품에서 눈을 떼며 고개를 돌려 물었다.

"뒷머리라 들통나지 않아서 그냥 놔뒀어. 나중에 뭐라고 그러면 최신 유행하는 헤어스타일이라 하려고, 허허."

깎새는 어색한 웃음을 지었다. 그러다 곧 한숨을 내쉬었다.

"너무 힘들면 대나무숲이라도 가서 속 시원하게 질러 봐. 거긴 파도 소리와 바람 소리 때문에 시끄럽게 고함을 쳐도 아무도 못 들을 거야."

최정의는 별 뜻 없이 위로차 내뱉었다.

"대나무숲? 그래 볼까?"

깎새는 당장이라도 뛰쳐나갈 기세로 최정의를 쳐다봤다.

그날 밤 최정의는 깎새가 정말 대나무숲으로 갔을지 궁금했다. 마침 그믐이라 어두컴컴했고, 바닷바람까지 세차게 불어 큰 소리로 외쳐도 누구 하나 들을 것 같지 않았다.

다음 날 깎새는 변비가 해결된 얼굴처럼 나타났다.

이놈이 기어이 갔나 보네!

묻지도 않았는데 깎새가 먼저 이야기를 쏟아 냈다.

"바람에 대나무잎들이 부딪히는 소리가 을씨년스러웠지. 난 바쁜 걸음을 멈추고 이리저리 둘러봤어. 대나무숲 근처 절벽 밑을 보니 파도가 이글거렸지. 조현병 걸린 파도 같았어. 발길을 돌려 최대한 대나무숲 가운데로 들어갔지. 다시 한번 둘러보고는 아무도 없는 걸 확인하자 바람 소리에 맞춰 힘껏 외쳤지."

깎새는 마치 어제 그 대나무숲에 있는 것처럼 진심을 다해 외쳤다.

"임금님 머리는 아니, 임금님 귀는 당나귀 귀!! 임금님 귀는 당나귀 귀!!"

최정의는 끼어들고 싶었지만 쉼표 없이 조잘대는 멘트에 깜빡이조차 켤 수도 없었다.

"산 정상에서 야호 외치듯 두 손을 입에 모아 퍼프렸는데 어쩌면 바람 소리보다 더 컸을 거야. 그런데 조금 이상한 느낌이 들었어. 대나무숲이 내 비밀의 외침을 주워 담듯 바람 소리와 함께 숲으로 흡수되는 느낌이었거든."

깎새는 그제야 산 정상에 도착한 것처럼 긴 숨을 내뱉었다.

그냥 대나무숲에서 외쳤다 하면 될 것을 참 길게도 지껄이는구나!

"휴우~ 이제 좀 속이 후련하네."

깎새는 체했던 속이 뻥 뚫린 것처럼 다시 한번 숨을 내뱉었다.

"누가 보거나 들은 사람 없는 거 확실하지?"

최정의는 깎새의 밝은 얼굴을 보며 혹여나 걱정이 돼 물었다.

"당연하지. 들켰다면 지금쯤 나라가 비상계엄 수준일걸. 나도 이승에 있지 못하고 저세상에서 저승사자와 독대를 하고 있겠지."

깎새는 자신만만하게 말했다. 최정의는 그제야 긴장된 어깨에 힘을 뺐다. 한편으론 괜히 대나무숲 얘기를 했나 싶었다.

그러다 며칠 후 우려했던 일이 터졌다. 몇몇 사람이 대나무숲을 지나다 바람이 불 때면 이상한 소리가 난다고 소문을 낸 것이다. 그 사람들은 하나같이 '임금님 귀는 당나귀 귀'라는 희한한 소릴 들었다고 말했다. 처음에 소문을 들은 사람들은 그 사람들이 잘못 들었겠지 하며 흘려들었다. 그렇게 생각하니까 그렇게 들리는 거라고 일축했다.

최정의와 깎새는 벌써 들킨 것처럼 육지 대한민국으로 도망가야 되지 않냐며 어찌할 바를 몰랐다. 일단은 바람 소리를 분명히 잘못 들은 거라고 만나는 사람들마다 알리기 바빴다.

하지만 「세상에 저런 일이!」 프로그램에서 방영되자 들통이 났다. 대나무숲에서 들리는 소리는 '임금님 귀는 당나귀 귀'가 틀림없었다. 비싼 방송국 마이크에 똑똑히 담겨 TV로 퍼져 나갔다.

언론과 야당에서는 잘됐다 싶어 왕 때리기에 나섰다. 임금님이 쓰는 왕관은 보통 왕관과 달리 귀까지 가린 왕관이라 상당히 신빙성 있는 소문이라 주장했다. 그동안 보석 없이 천을 덧댄 소박한 왕관 이미지가 큰 귀를 가리기 위한 대국민 사기극이었다고 떠들어 댔다. 특히 야당에서는 다음 선거에서 좋은 꼬투리를 잡은 거나 다름없었다.

최정의는 혹시나 불똥이 자신한테 튀면 어쩌나 하며 심장은 두근대며 다크서클이 발끝까지 내려앉을 지경이었다.

그는 깎새와 작업실에서 만났다. 깎새 얼굴은 머리통에 벼락이 내려친 것처럼 초죽음이었다. 며칠 잠을 제대로 못 잤는지 얼굴은 시커멓게 시체처럼 굳었다. 그 말 많던 혓바닥이 굳은 듯 아무 말이 없었다. 깎새는 멍하니 있다가 겨우 입을 열었다.

"나, 나 좀 살려 줘. 넌 임금님과 비서실장의 총애를 받고 있잖아."
"그, 그래. 내가 잘…"

우당당탕!

문이 부서지는 소리가 나더니 사각턱이 덩치 몇 명을 데리고 들이닥쳤다.

최정의와 깎새는 왕 집무실에 꿇어앉았다. 최정의는 죄가 없어서 고개를 약간 들었다. 옆을 보니 깎새는 부들부들 떨며 고개를 처박듯이 숙이고 바닥만 쳐다보았다. 앞에는 임금님이 인체공학적 PC방 의자에 앉아 있었고, 그 옆에는 사각턱이 각을 잡고 서 있었다. 인상을 잔뜩 쓴 사각턱을 보니 각진 턱이 더욱 날카로워 보였다.
임금님이 상체를 앞으로 내밀어 둘을 째려보니 인체공학적 의자가 불편해 보였다.
"이 죽일 놈들!!"
임금님의 큰 귀가 움찔거렸다.
최정의는 처음 보는 임금님의 개인기를 혼자 보기가 아까웠지만 곧 정신을 차렸다.
"어떤 놈이냐? 둘 중 누가 비밀을 불었느냔 말이다!!"
사각턱이 임금님을 대신해서 둘을 번갈아 보며 취조하듯 물었다.
지금 우리 둘 자세를 보면 알 텐데. 참 센스도 없는 사각턱!
최정의는 곁눈질로 깎새를 보며 빨리 자백하기를 바랐다.
설마 내가 대나무숲으로 가라고 한 건 말하진 않겠지?
그는 생각해 보니 심장이 덜컹거렸다.
"분명 너희 둘 중 한 명이다! 아니면 둘 다란 말이냐?!"
임금님이 의자 팔걸이를 탁 치며 소리쳤다.
깎새야 빨리 말하라고!
깎새는 여전히 부들부들 떨며 고개를 숙이고 바닥에 플러팅하기 바빴다.

그때 사각턱이 양복 안쪽에서 권총을 뽑았다. 먼저 최정의를 향해 총구를 겨눴다.

"아, 아닙니다."

최정의는 묻기도 전에 고개를 흔들며 두 손으로 내저었다.

왠지 깍새한테 미안했다.

"그럼 너냐?" 사각턱이 최정의 눈앞에서 총구를 깍새로 향했다.

최정의는 다행이다 싶은 동시에 깍새가 한없이 불쌍했다.

"죽을죄를 지었습니다. 제발 살려 주십시오! 으흑흑!"

깍새는 총을 꺼낸 줄도 모르고 고개만 떨군 채 바닥에 짚은 두 손을 떨었다. 그러면서 눈물을 쏟아 냈다. 눈물은 뾰족한 턱선을 따라 자유낙하 했고, 동시에 끈적끈적한 콧물도 쏟아져 꿀처럼 뚝뚝 떨어졌다.

"깍새 네가 그럴 줄 알았다. 최정의는 아닌 줄 알았어."

임금님은 고개를 끄덕이며 의자에 등을 기댔다. 최정의는 바쁘게 뛰던 심장이 진정됐지만 깍새는 분명 심장이 100미터 전력 질주를 하는 표정이었다.

"비밀을 간직하려니까 정신병이 날 것 같아 도저히 참을 수가 없었습니다. 매일 불면증에 시달려 잠도 제대로 이룰 수가 없었습니다. 제발 살려 주십시오!"

깍새는 바닥에 이마를 처박고는 질질 짰다. 눈물과 콧물이 케미를 이뤄 줄줄, 끈적끈적 흘러내렸다.

"비밀이라는 건 혼자 끝까지 간직해야 비밀이지. 누구에게 말하는 순간부터 그 비밀은 소문으로 둔갑하지. 멍청한 놈! 살려 줄 수 없는 상황이라는 걸 모른단 말이냐? 내년에 임금 선거가 있는데 너 때문에 우리 임금님이 연임하기는 다 글렀다!"

사각턱의 굵은 목소리에 총알이 발사될 것만 같았다. 최정의는 총구가 미세하게 떨리는 걸 보자 자신의 눈알도 떨렸다.

"나랏일을 망쳐 놓은 네 놈은 절대 용서할 수가 없다! 네 가족까지 멸하리라!!"

임금님은 당나귀 귀를 쫑긋 세우며 의자 팔걸이를 또 탁 쳤다.

"제, 제발 가족만은… 으흑흑!"

이미 바닥은 눈물과 콧물로 젖었고, 바닥에 처박힌 깎새 소매로 스며들었다.

최정의는 깎새를 곁눈질로 지켜보며 무슨 말을 해야 할지 머릿속이 엉킨 실타래였다.

"이발사 주제에 함부로 입을 놀리다니. 너 하나 없애는 건 일도 아니다. 마지막으로 할 말은 없느냐?"

사각턱의 집게손가락이 방아쇠에 단단히 걸렸다.

설마 임금님이 총 쏘는 걸 보고만 있진 않겠지?

"할 말이 있습니다. 으흑흑!"

깎새는 콧물을 찐득하게 떨어뜨리며 고개를 들었다. 그제야 앞에 총구를 보고는 윽! 하며 숨을 멈췄다.

"빨리 말해라!" 사각턱은 방아쇠를 당길 듯 말 듯 했다.

"살려 주십시오! 제 소원입니다."

깎새는 다시 고개를 숙여 눈, 코, 입 저 밑바닥까지 쌓였던 분비물을 끌어올려 쏟아 냈다.

사각턱은 맥 빠진 얼굴로 더 이상 들을 것도 없다는 듯 방아쇠를 3분의 1쯤 당겼다. 임금님의 표정은 무덤덤했다.

"잠깐만요! 제, 제 말 좀 들어 보십시오!"

최정의는 깎새를 위해 뭐라도 해야 했기에 방금 떠오른 것을 말할 참이었다.

"뭐냐?" 임금님은 상체를 앞으로 내밀어 뭘 기대한 듯한 표정으로 최정의를 쳐다봤다.

"있는 그대로 보여 주면 됩니다."

최정의는 담담하게 왕을 쳐다보며 말했다.

"있는 그대로?"

임금님은 눈을 동그랗게 떴다. 몇 초 뒤 자신의 큰 귀를 생각했는지 인상이 일그러지며 다시 말을 이었다.

"내 이미지를 이제 외계인 이미지로 바꾸란 말이냐?!"

임금님은 믿었던 최정의의 말이 못마땅한 듯 큰소리쳤다.

"큰 귀 때문에 정치하는 데 문제가 있었는지요? 그동안 국민을 위한 정치를 잘해 오셨잖습니까?"

최정의는 상소를 올리듯 말에 힘을 실어 큰 소리로 말했다. 고개는 더 당당히 들었다.

임금님은 칭찬에도 큰 귀가 움찔거렸다.

"하지만 야당 놈들과 국민들한테 이미지가 안 좋게 박힐 것은 자명한 사실이다. 겉으로 보이는 이미지도 중요하니라. 지지율 떨어질 게 뻔하다."

임금님은 최정의 답변에 실망했는지 인상이 내란 수준이었다.

"그래서 있는 그대로 보여 주시면서 묵묵히 하시던 정책을 밀고 나가시면 됩니다. 지금이야 국민들이 많이 놀라서 큰 이슈가 되겠지만 정치만 잘하신다면야 오히려 동정심을 얻어 지지율이 더 올라갈 겁니다."

최정의는 깎새를 한번 힐끗 보더니 다시 앞을 쳐다보며 말을 이었다.

"큰 귀는 백성의 소리를 더 잘 들으라는 의미에서 점점 커졌다고 하시면 됩니다. 백성 민(民)! 하늘 천(天)! 최민천이라는 임금님의 이름과도 일맥상통한다고 하시면 됩니다. 이름과 큰 귀가 정치에 딱 어울리는 콘셉트입니다. 다음 선거에서 적극 홍보하십시오!"

최정의의 말은 억지 같았지만 팩트였다. 잘 써먹는다면 선거 홍보용으로는 최적이었다.

임금님은 들어 보니 그럴듯한지 내란이 진압된 얼굴이었다. 사각턱도 어느새 방아쇠에서 집게손가락 힘을 뺐다. 임금님은 조심스럽게 큰 귀를 두 손으로 마사지하듯 만졌다. 그러고는 사각턱한테 눈길을 돌렸다. 마치 어떻게 받아들이면 좋겠냐고 묻듯이. 최정의도 그 눈길을 따라 사각턱한테 돌렸다.

사각턱은 눈치를 채고 총구를 내렸다. 깎새는 참았던 숨을 내뱉고는 온몸에 힘을 푸는 듯 뻣뻣했던 팔을 살짝 구부렸다.

"임금님 현실을 생각하면 뭐, 그리 나쁘지는 않은 것 같습니다."
사각턱은 총을 집어넣었다.

좋았어!

"외람되오나 임금님은 미혼이신지라 처가나 자식에 대한 사법 리스크가 있을 리 없습니다. 다른 후보에 비해 훨씬 유리합니다. 선거에서 야당이 계속 외모 가지고 공격한다면 결국 국민들은 우리 편을 들 것입니다."

최정의의 굳히기 한판 결론이었다.

임금님도 사각턱도 고개를 끄덕거렸다.

"예전에 소박한 왕관 얘기할 때부터 자넬 알아봤지. '정의!' 이름에 딱 어울리는 유능한 인재야. 이러다 네가 비서실장 하겠는걸. 어허허!"

임금님은 PC방 의자가 뒤로 휘어져라 딱 기대더니 두 손으로 팔걸이를 쓰다듬듯이 만졌다. 비서실장이란 말에 최정의는 사각턱쪽으로 고개를 돌렸다.

"어흠! 비서실장은 그냥 제가 계속하면 됩니다. 최정의는 선거대책위원장으로 하면 딱 되겠네요. 어허허!"

사각턱은 최정의를 의식한 듯 어색한 웃음을 보였다.

옆에 깎새는 콧물을 들이마시며 '정말 고맙네' 하는 표정을 지었다. 그렇게 위기는 넘겼다.

"깎새 넌 목숨은 살렸지만 당분간 왕실 감옥에서 반성토록 하여라."

임금님의 마지막 배려였다.

며칠 뒤, 최정의는 왕실 감옥에 면회를 갔다. 다행히 깎새는 목숨이라도 건진 것에 감사해했다.

비록 몸은 갇혔지만 마음만은 자유를 얻어 좋다고 했다. 여전히 속은 후련하다고 했다. 최정의는 선거에서 이기면 그때 사면을 건의할 거라고 했다.

"큰 귀로 백성의 소리를 듣고, 이 최민천 이름을 걸고 여전히 백성을 하늘처럼 모시겠습니다. 재임 기간 동안 여러분 삶이 나빠졌다면 야당 후보를 찍으셔도 좋습니다!"

"최민천! 최민천!"

"저기 외국에 옛날 벌거벗은 임금보단 훨씬 낫다!!"

선거 기간이 시작되었다. 임금님은 귀가 마치 슬로건인 듯 연일 매스컴에 보여 주며 노출시켰다. 이번엔 큰 쟁점이 육지 대한민국의 인터넷 통신 체계를 도입하느냐 마느냐였다. 대부분 야당 후보들은 시대 흐름에 맞춰 왕국의 섬 전체에 인터넷을 설치해야 한다며 즉각 도입을 주장했다.

하지만 최정의 선대위원장은 달랐다. 인터넷이 일상생활에 편의를 가져다줄 수도 있지만 부작용도 만만치 않다고 주장했다. 공교롭게도 최근 육지 대한민국에서 발생한 인터넷 관련 사고가 여러 개 터졌다. 수많은 허위 정보와 과장 광고, 각종 인터넷 사기, 청소년 음란물 유포, 인터넷 성범죄, 게임 중독, 악성 댓글로 유명인 자살 등 일상생활에 오히려 피해를 주는 사례가 많다며 신중한 검토가 필요하다고 주장했다. 그래서 공공기관에서 먼저 행정용으로 사용한 뒤에 일싱생활에 적용하는 게 낫다고 했다.

아직 인터넷을 잘 모르는 섬 국민들은 부작용 사건들을 뉴스로 접하며 최정의의 주장에 경각심을 갖게 되어 최민천을 또 지지했다.

또한 최정의 선대위원장의 아이디어로 당나귀 귀 캐릭터가 상품화되었다. 귀여운 얼굴에 큰 귀를 강조해 각종 굿즈가 판매되었다. 선거 자금이 자연스레 모였다.

국민들은 최민천을 당나귀 임금님이라 칭송하며 야당 후보들을 제치며 재선에 성공했다.


### 3. 실망, 분노 그리고 뜻밖의 조력자
*2024년.*

"역시 최씨 집안은 달라. 너무 늦게 정치에 입문한 거 아냐?"

임금님은 일부러 왕관도 쓰지 않은 채 보란 듯이 큰 귀를 쓰다듬으며 말했다. 최정의는 감사하다는 말 대신 꾸벅 고개를 숙였다.

"어쩌면 늦은 나이에 정치 입문한 게 다행이지요. 만약 일찍 정치에 나섰더라면 임금님을 만나지 못하고 야당 놈들에게 붙어먹었으면 어쩔 뻔했습니까? 허허!"

사각턱은 허연 이를 드러내며 웃었다.

"오! 그럴 수도 있었겠네. 야, 이러고 보니 자네와 난 인연이야 인연! 정의 자네는 나와 계속 있어야 하네. 허허."

임금님 귀가 앞뒤로 움직이며 고맙다고 인사했다.

최정의의 건의로 깎새는 사면됐다. 임금님 재임 기간 동안 최정의는 승승장구했다. 정책기획실장을 맡으며 임금님의 오른팔은 아니지만 오른 발바닥 정도는 됐다. 연임제도 덕에 앞서 재임한 시절의 정책을 꾸준히 밀고 나가면서 성과도 냈다.

어느덧 별 무리 없이 시간은 흘러 2025년이 되었다. 이렇게만 한다면 다음 선거에서도 문제가 없었다.

그러나 엉뚱한 곳에서 일이 터졌다. 권력을 오래 잡고 있으면 썩기 마련이다. 먼저 사각턱과 관련해서 문제가 생겼다. 오랫동안 임금을 모신 사각턱은 파워가 대단했다. 대단한 만큼 똥파리 같은 작자들이 모여들었다. 자신은 가만히 있으려 해도 이런 똥파리들이 가만두질 않는다는 게 권력의 속성이다.

대기업인 삼손기업의 내부고발자가 사각턱의 비리를 폭로했다. 그에 따르면 지난 임금 선거 당시 당나귀 귀 굿즈를 삼손기업에서 대량 구매해서 정치자금 모금에 큰 역할을 했다고 진술했다. 그걸로 인해 특혜를 받아 얼마 전 왕국의 섬 재개발 사업에 삼손기업이 사업권을 따냈다고 했다. 알고 보니 삼손기업 회장이 사각턱과 사돈 지간이었다. 굿즈 대량 구매 당시 삼손기업은 의심을 피하기 위해 다른 기업 이름으로 여러 번 구매했다고도 진술했다.

사각턱은 이런 사실을 전혀 몰랐다고 했다. 그리고 사업권도 자신이 관여하지 않고 개발사업부처에서 했다고 진술했다.

설상가상으로 임금님 가족에서도 비리가 발생했다. 임금님한테는 특허청에 근무하는 동생이 있었다. 동생은 현도기업으로부터 뇌물을 받고 다른 기업이 먼저 신청한 반도체 특허권을 배제하고 현도기업에게 먼저 특허권을 인정해 주었다고 했다. 임금님은 동생 일과 전혀 관련 없다고 했지만 항간에는 임금님이 동생 뒤를 봐주고 벌인 일이라고 소문이 났다.

야당에서는 기회를 잡았는지 당장 특검을 실시해야 한다고 압박을 했다. 공정하게 육지 대한민국 검찰을 데려오면 된다고 했다.

왕실에서는 비상대책회의가 열렸다.

"최정의 기획실장! 이번엔 어떤 방법이 좋을지 생각해 봤나?"

임금님은 당연히 최정의에게 해결책이 있을 거라는 말투로 물었다.

"이것 역시 있는 그대로 정면 돌파 하시면 됩니다. 두 분 다 죄가 없는데 무슨 걱정이십니까?"

최정의는 두 사람을 의심하지 않고, 소문은 그저 소문이라고 생각해 별 생각 없이 대답했다. 그러나 두 사람의 눈빛을 번갈아 보는 순간 최정의는 아차 싶었다! 뭔가 달랐다. 둘의 눈빛에서 난감함을 읽었다. 정말 떠도는 얘기가 사실이란 말인가?

"당연히 우린 죄가 없지. 기획실장은 정치의 속성을 몰라서 그래. 사실이 아니지만 야당과 언론에서 이걸 갖고 다음 선거 때까지 물고 늘어질 게 뻔하잖아."

임금님은 다시 얼굴의 긴장을 풀며 태연히 말했다.

"그러면 빨리 특검을 받아들여 무죄를 입증하면 되지 않을까요?"

최정의는 아까 말투와 달리 조심스러웠다. 두 사람 역시 눈빛이 또 난감했다. 또 아차 싶었다.

자신이 잘못 대답한 난감함보다 두 사람한테 속은 것 같아 배신감을 느꼈다. 정확히 말하면 임금님은 그러면 안 되는 거라고 꾸짖고 싶었다.

"야당은 그렇다 치고 검찰도 우리 편이 아냐. 그놈들도 우리 뒤를 캐려고 알게 모르게 엉뚱한 짓을 하고 있지. 기획실장은 모르지만 내가 왕이 되기 전에도 내 뒤를 캤지. 결국 아무것도 없었어. 그래서 내가 지금 이 자리에 떳떳이 있는 거야. 아마 이번 일도 검찰 측에서 벌인 일일 거야."

임금님은 눈 하나 깜짝하지 않고 무표정하게 최정의를 보며 말했다. 그 표정 속엔 제발 헛소리하지 말라는 무언의 압박이 있었다. 최정의는 더 이상 옳은 말을 했다간 총 맞을 것 같아 입을 다물었다.

"기획실장 정도면 분명 좋은 방법이 있을 테니 며칠 내로 알려 주시오. 정면 돌파 말고."

사각턱의 굵은 목소리가 오랜만에 협박처럼 들렸다.

최정의는 뒷골이 당겨 목 언저리를 더듬거렸다.

그동안 내가 사람을 잘못 봤단 말인가?

지구가 둥근 게 당연한데 네모난 걸로 밝혀졌을 때의 충격과 맞먹었다. 두 사람이 범죄자라면 자신도 공범 같았다. 깍새의 마음을 절실히 느꼈다. 답답한 마음에 대나무숲에 달려가고 싶었다. 육지 대한민국에 나가 외치고 싶었다.

최정의, 최정의, 정의, 정의…

최정의는 여러 번 자신의 이름을 되뇌었다. 밤새 고민하느라 잠도 제대로 이룰 수가 없었다. 방바닥에 뒹굴뒹굴하는데 집전화가 울렸다. 최정의는 전화를 받았다. 잠시 후, 그는 통화 내용을 듣고는 이번엔 자신의 머리통에 벼락이 내려친 것처럼 뇌가 찌릿했다. 상대방은 신분을 밝히지 않고 임금과 사각턱에 관한 비리가 있으니 오늘 밤 대나무숲에서 만나자고 했다. 2020년 임금 선거 당시 백호석 후보의 교통사고도 우연이 아니라고 했다. 전화를 끊고 생각해 보니 어디서 들어 본 목소리 같았지만 생각이 나질 않았다.

심장이 피부를 찢을 듯 뛰었다. 흥미로운 동시에 무서워서 가슴에 뭔가 얹힌 듯했다. 어찌할까 생각해야 되는데 머릿속은 새까맣게 타들어 갔다.

최정의는 자신의 이름에 맞게 살아야 한다는 신념을 배신하고 싶지 않았다.

괴로운 마음에 또다시 방바닥에 뒹굴뒹굴하다 용기를 냈다.

최정의는 자가용을 타고 달렸다. 긴장감을 더하듯 화살비가 계속 내려 자가용을 타고 가는 길은 질퍽거렸다. 마음도 질퍽거려 지쳤다.

쉐에엥!

비와 바람이 부딪치니 대나무숲은 평소 울음과 달랐다. 도착하니 비는 그치고 구름은 흩어져 보름달이 서서히 드러났다. 꽉 찬 보름달도 대나무숲 울음소리에 긴장했는지 그리 밝지 못했다.

최정의는 큰맘을 먹고 대나무숲 옆 절벽 밑을 내려다 봤다. 보름달에 비친 허연 물결이 흩어졌다. 바람을 세차게 맞은 파도가 화풀이 하듯 바위를 세차게 구타했다. 고소공포증이 있어 계속 보기가 어지러웠다.

"이쪽으로 오시오."

최정의는 뒤에서 누가 떠민 것처럼 두 다리가 움찔했다. 대나무숲 안쪽에서 나는 소리였다. 그는 발걸음을 돌려 천천히 안쪽으로 들어갔다. 다행히 긴장한 보름달이 대나무숲을 비춰 주었다.
"여기."
대나무 사이로 거무스름한 옷이 겨우 달빛에 비쳤다. 얼굴은 대나무잎들에 가려 잘 보이지 않았다. 오른손에 허연 쇼핑백만이 달빛에 훤했다. 최정의는 그 자리에 멈추고 거리를 두었다.
"용건만 말하시오."
최정의는 말을 하며 침을 한번 삼켰다.
최정의가 가만히 서 있자 상대방이 몇 발자국 다가왔다.
츠윽, 츠윽.
비에 젖은 대나무잎 밟는 소리가 그리 나쁘진 않았다. 최정의는 눈을 가늘게 뜨며 달빛으로 상대방 얼굴을 확인하려 했다.
보름달빛에 왼쪽 얼굴이 드러나자 최정의는 신발 속 발가락을 한 번 꼼지락거렸다. 오른쪽 얼굴이 마저 드러나자 그는 조금 전 절벽에서처럼 다리가 움찔거렸다. 하마터면 다리에 힘이 풀려 주저앉을 뻔했다.
"다, 당신은!!"
칼자국이었다. 어쩐지 들어 본 목소리였다.
"나를 아시오?"
칼자국도 놀란 듯 눈을 동그랗게 뜨며 최정의을 자세히 살폈다. 최정의가 예전에 유세 현장에서 본 적이 있다고 간단히 설명하자 고개만 끄덕였다.
"용건만 말하겠소. 난 검찰 소속이오. 육지 대한민국 검찰의 도움을 몰래 받고 있지요. 예전부터 최민천 뒤를 캤는데 증거를 잡지 못했소. 이제부턴 최정의 당신을 믿고 맡길 거요. 사실, 이 칼자국도 그놈들 짓이오."

"나한테 뭘 맡긴단 말입니까?"

최정의는 맡긴단 말에 심장 박동이 들썩거렸다.

"아마 지금쯤 임금과 비서실장은 자신들 비리로 인해 빠져나갈 궁리를 하고 있을 거요. 그 방법을 당신한테 부탁했겠지요. 하지만 당신은 그놈들의 부탁을 거절하거나 망설이고 있을 거요."

최정의는 이 사람이 뭘 믿고 자기한테 다 털어놓는지 어이가 없었다. 지금 이 말들을 임금한테 일러바치면 어쩌려고 그러나 했다.

"미안하지만 우린 당신 뒤도 다 조사했소."

헉! 어쩐지.

"금속공예 할 때 세금 신고 몇 건 안 한 것 빼곤 이름처럼 깨끗했소." 칼자국은 농담처럼 웃으며 다시 말을 이었다.

"어렸을 때부터 지금까지 깨끗하게 살아온 당신을 믿고 모든 걸 털어놓는 것이오."

다행히 건강보험 몇 달 안 낸 건 말이 없었다. 최정의는 좀 더 자세히 말해 보라는 듯 달빛과 함께 그냥 서 있었다.

"지금 검찰이 조사하고 있는데 특검까지 시작되면 두 놈은 곤란한 상황이 될 것이오. 괜히 그놈들 편들다간 잘못되면 당신도 감옥행이오. 그러니 우리 일에 협조하고 내부고발자가 되시오. 불의의 편에서 평생 양심의 가책을 받고 사느니 정의의 편이 되어 떳떳하게 사는 게 낫지 않소? 당신 이름에 걸맞은 선택을 해야지요."

칼자국은 주위를 살펴 가며 낮은 목소리로 말했다. 그 목소리는 비수 같은 칼자국 흉터와 함께 보름달빛을 타고 날아와 최정의를 정의롭게 협박했다. 왠지 칼자국이 민주주의를 갈망하는 열사처럼 보였다.

최정의는 이 열사를 믿어야 할지 망설였다.

"장인정신이나 정치나 별다를 게 없지요. 옳은 것이라면 꾸준히, 거짓 없이, 정직하게 밀고 나간다는 면에서는 둘 다 똑같지요."

칼자국은 말이 끝나자 허연 쇼핑백을 건네주었다.

다음 날 휴일 낮, 최정의는 얼떨떨한 기분으로 작업실에서 깎새를 만났다. 몇 년 동안 정치에만 재미를 붙였더니 작업실이 휑한 기분이 들었다. 예전에 만든 금속공예품들을 훑어보며 생각에 잠겼다.

"안색이 안 좋은데 예전 나와 똑같군. 너도 말 못 할 사정이 있지? 맞지?" 깎새는 추궁하듯 물었다.

최정의는 임금님과 사각턱에 관한 뉴스가 사실 같다고 말해 주었다. 그래서 어떻게 할까 망설이고 있다고 했다.

"정말? 에이, 아니겠지. 내 생각엔 그냥 육지 대한민국에서 유행하는 가짜 뉴스 따라 하는 것 같은데. 야당이 다음에 정권 잡으려고 공작했을 수도 있지."

깎새는 천지도 모르고 웃으며 얘기했다.

"아니, 진짜야. 그래서 어떻게 알릴까 고민 중이야."

최정의의 눈은 여전히 공예품들을 감상하며 머릿속은 무거웠다. 최정의는 당장이라도 왕실에 달려가 인터넷으로 왕국의 섬뿐만 아니라 육지 대한민국에 퍼뜨리고 싶었다.

"설마 대나무숲에 가서 불진 않았겠지?"

깎새는 눈이 동그래지며 물었다.

"다른 방법이 있어. 조금만 기다려 봐."

"다른 방법? 그게 뭔데?"

깎새는 목을 조금 빼며 물었다. 최정의는 혓바닥이 간질간질해서 가시가 돋칠 것 같았다.

"야, 친구끼리 말 못 할 게 뭐 있어. 저번에 네가 날 구해 준 것처럼 나도 널 돕고 싶어."

깎새는 최정의에게 실망한 표정으로 말했다. 최정의는 칼자국 얘기는 차마 할 수가 없었다. 애꿎은 공예품만 바라봤다. 깎새도 더 이상 묻는 건 포기한 듯 그에게 조언하듯 한마디 했다.

"얼마 전에 알았는데, 너무 옳은 것만을 따지면 정치를 제대로 할 수 없다 하더라고."

"그럼 뭘 따져야 하는데?"

최정의는 시선을 공예품에서 깎새로 돌려 따지듯이 물었다.

"때로는 틀리더라도 줄 건 주고 받을 건 받아야 된다고 했어. 너무 정도로 가면 왕국 생활하기 힘들어. 인간관계도 망가지지. 잘 생각해 봐."

왠지 깎새의 말투가 걱정보다는 충고로 들렸다.

최정의는 얘가 왕실에 들락거리더니 어디서 이상한 소리를 주워들은 모양이네 하며 무시했다.

그날 저녁 임금님한테 긴급 호출이 왔다. 분명 중요한 얘기일 거라 잘됐다 싶었다. 최정의는 정장에 까만 새 구두를 신었다. 루이비통 명품 구두였다. 왼쪽 구두 뒷굽으로 한번 바닥을 차며 넥타이를 가다듬었다.

그는 임금님 집무실 앞에 섰다. 형광등 불빛에 빛나는 구두를 내려다보며 각오를 다진 듯 문손잡이를 잡았다. 집무실에 들어서자 임금님은 의자에 돌아앉아 있었다. 그 큰 뒤통수를 감상할 찰나 옆에 서 있던 사각턱이 총을 꺼냈다. 총구가 최정의의 관자놀이에 닿았다.

"앉지." 사각턱은 앞에 최첨단 인체공학 PC방 의자를 가리키며 말했다.

"마지막이 될 수 있으니 이런 의자에 앉아 보는 것도 좋다 싶어 특별히 준비했지."

임금님이 의자를 돌려 최정의를 째려보며 말했다.

최정의는 예상 외로 빨리 들켰나 싶어 의자 앉는 게 망설여졌다. 하지만 목구멍으로 침을 한번 삼키고는 덤덤하게 의자에 앉았다. 몸만 편하고 마음은 불편한 인체공학 의자였다.

"도대체 우리에 대해 뭘 하려고 음모를 꾸미고 있는지 당장 말해!"

사각턱이 다시 총구를 옆머리에 겨누며 다그쳤다.

"음모라니요? 대책 마련한다고 어제 잠도 제대로 못 잤습니다."

최정의는 딱 잡아뗐다.

"그래서 대책은?" 사각턱이 총구를 머리에 밀었다.

"……."

"거 봐, 대책이 아니고 엉뚱한 걸 꾸미고 있는 거 모를 줄 알아?"

사각턱은 이번엔 총구를 귓구멍에 쑤시듯이 넣었다.

"이 귀로 누구한테서 뭘 들었는지 말해!"

최정의는 두려움보다는 왠지 기분이 나빴다. 임금님도 총구 위치를 보고 뜨끔했는지 자신의 귀를 움찔거렸다. 최정의는 왕실 안에서는 절대 자기를 죽일 수 없다는 걸 알기에 침착하게 머리를 굴렸다.

"도대체 뭘 말하란 말입니까? 두 분도 죄가 없다고 하셨잖습니까?"

그는 쏠 테면 쏴 보란 식으로 큰소리쳤다.

임금님이 살며시 의자에 기대며 입을 열었다.

"아직 자네는 정치하기 멀었어. 정치를 잘 몰라. 정치란 말이야 너무 옳은 것만을 따지면 정치를 할 수 없어."
"!!"
"때로는 틀리더라도 줄 건 주고 받을 건 받아야 되는 게 정치야."
임금님은 하찮은 표정으로 최정의 눈을 바라봤다.
'깎새 이 자식이!'
최정의는 들릴 듯 말듯 중얼거렸다.
"오호! 벌써 눈치챘나?"
옆에서 사각턱이 감탄하듯 말했다.
"어제 정면 돌파 얘기할 때부터 이제 넌 쓸모가 없다고 결론을 내렸지. 그래서 깎새와 딜해서 니와 대화해 보라 한 거야. 깎새를 너무 원망하지 마. 임금님이 그동안 정치를 잘해서 국민들한테 원망도 듣지 않고 잘 이끌어 왔잖아. 이건 기획실장도 인정하잖아."
최정의는 그동안 임금님을 존경한 게 부끄러웠다.
"이런 게 바로 정치고 정의야. 국민들이 만족하는데 더 이상 뭐가 필요해?"
사각턱이 억지 공감을 강요했다.
당신들이나 만족했겠지!
최정의는 이 모든 말들을 임금님한테 직접 듣고 싶었다. 어쩌면 사각턱 이놈이 뒤에서 조종하고 있다는 느낌도 들었다.
"그럼 뉴스 내용이 진짜란 말입니까? 진짜 두 분 다 비리를 저지른 게 맞단 말입니까?"
최정의는 임금님을 쳐다보며 제발 아니라는 답을 듣고 싶었다.
"우리가 인정하지 않는 이상 입증이 어려워. 무슨 증거로? 이미 내부고발자들은 실종이나 저세상으로 전입신고 할 준비를 해야 할 거야. 비밀이라는 건 혼자 끝까지 간직해야 비밀이라고 저번에 들었을 텐데. 누구에게 말하는 순간부터 그 비밀은 소문으로 둔갑한다고 들었잖느냐! 역시 멍청한 놈!"

임금님은 깎새를 통해 모든 걸 안다는 듯 미간을 좁혀 비난하듯 말했다.

최정의는 의자 팔걸이를 움켜쥐었다. 머리도 떨렸다. 귓구멍에 총구가 꽉 끼었다 빠졌다 했다. 그는 임금님의 머릿속에서 '실종, 저세상' 단어가 나올 줄 몰랐다. 또한 자신을 '멍청한 놈'이라고 한 얘기에 그동안의 신뢰가 한순간에 무너졌다.

한때는 존경했던 최민천이 고작 이런 인간이었나? 궁지에 몰리니까 착했던 사람이 악으로 변한 것인가? 원래 정치란 이런 것이었나?

인간과 정치에 실망한 최정의는 자신이 바보 같았다.

"도대체 이런 식으로 얼마나 부정을 저지른 겁니까?"

최정의도 미간을 좁혀 분노의 말투에 힘을 실었다. 그는 저 사람의 귀때기를 꽉 잡아서 위로 뽑아내고 싶었다.

"글쎄. 헤아리려고 하니 열 손가락이 모자라서 말이야."

사각턱이 총을 쥔 절대권력으로 될 대로 되란 식으로 내뱉는 것 같았다.

"나도 한때 어렸을 땐 기획실장 이름처럼 정의라는 말을 좋아했지. 근데 정치를 해 보니 그 정의가 그 정의가 아니더라고. 육지 대한민국도 마찬가지야."

임금님은 정의라는 단어에 실망한 표정이었다.

최정의는 이제 저 사람이 정의를 함부로 지껄이는 것에 치가 떨렸다. 총구도 함께 귓구멍 속에서 떨렸다.

최정의는 총구고 뭐고 속에 있는 말을 내뱉었다.

"백호석 후보도 당신들이 죽였지? 임금 당신 이름이나 다시 바꾸십시오! 백성 민, 하늘 천 좋아하네! 백성 민, 천할 천(賤)이다!! 그리고 넌 사각…."

퍽!

사각턱이 총으로 뒷머리를 치자 최정의는 기절했다.

### 4. 최정의의 마지막 정의

최정의는 눈을 떴다. 두 손이 뒤로 묶인 채 옆으로 누워 있었다. 얼굴 정면으로 바람이 부딪혔고 옆구리가 차가웠다. 평평한 돌이나 바위 위 같았다. 거센 바람과 파도 소리가 왠지 낯설지가 않았다.

쉬이익! 철썩!

"꿇어앉혀." 사각턱 목소리였다.

최정의를 양쪽에서 경호원들이 잡고 꿇어앉혔다. 아직 뒷목이 얼얼해서 정신이 들지 않았다. 앞을 보니 저 멀리 보름달은 구름에 가려 달빛 향기를 뿜어내지 못했다. 시커먼 바다가 자신을 집어삼킬 듯 출렁거렸다. 절벽 밑을 보고는 처박힐 뻔했다. 여전히 허연 물결이 흩어지고 파도는 바위를 며칠 째 구타했다.

"그러니까 여기 정책기획실장 말을 들었어야지."

사각턱이 뒤에서 비웃듯 말했다.

최정의는 잘못 들었나 싶어 고개를 뒤로 돌렸다. 사각턱 옆에 깍새 죽일 놈이 서 있었다. 양쪽에서 경호원들이 어깨를 누르고 있으니 돌아앉기도 힘들었다.

"그러니까 내가 널 돕고 싶다고 했잖아. 왜 내 말 무시해!"

깍새 기획실장은 말하면서 목소리가 미세하게 떨렸다.

"더 빨리 대나무숲에 오지 못한 게 한이 되는구나!"

최정의는 둘을 번갈아 보며 노려봤다.

"하찮은 놈이…. 네가 무슨 중요한 존재라도 되는 줄 알아? 80억 인구 중에서 아무리 까불어 대도 티 하나 나지 않는 존재일 뿐이야. 지금 저 대나무숲에서 불어오는 그냥 지나가는 바람 소리 1도 아닌 바람 소리 N번째란 말이다!"

사각턱이 담배 하나를 입에 물며 미리 준비한 듯한 멘트를 읊었다.

헛소리를 참 길게도 지껄이는구나!

"그 바람 소리 N이 곧 얼마나 큰 쓰나미로 커질지 알게 될 것이다!"

최정의는 헛소리가 아닌 참소리를 지껄였다.

"죽을 때가 되니 헛소리를 지껄이는구나. 넌 절벽에서 발을 헛디뎌 떨어져 죽은 걸로 할 거야. 그걸 깍새 기획실장이 목격하고 경찰에 신고하는 걸로 끝."

사각턱이 삐딱하게 사각턱 한쪽을 입꼬리처럼 올리며 말했다.

최정의는 밤기운이 찬 날씨에 입술과 아래턱이 떨렸다. 뒷목의 통증과 뒤로 돌린 고개 때문에 목도 뻐근했다. 잠시 고개를 앞으로 돌려 머릿속에서는 저놈들의 시나리오를 자신만의 시나리오로 각색했다.

"그럼 마지막 소원이라도 들어주시오. 절대 누구처럼 살려 주세요! 하면서 눈물, 콧물 질질 짜지는 않을 것이오."

최정의는 아까와는 반대 방향으로 고개를 돌려 배신자 기획실장을 노려보며 이승에서의 마지막 비웃음을 보냈다.

깍새는 자존심이 상했는지 얼굴이 굳었다.

"헛소리 집어 치우고 할 말만 해!"

깍새는 빨리 밀어 버리고 싶은지 다그쳤다.

최정의는 다시 고개를 돌려 밑을 보자 파도가 거칠었다. 어제 내린 거센 비에 파도는 바위를 부술 듯했다. 짠 바람을 코로 들이마시고는 마지막 소원을 위해 입을 열었다.

"이대로 절벽에서 떨어지면 저 거센 바다에 내 시체 찾기도 힘들지. 그럼 난 죽어서도 가족 품에 가지 못한다. 그러니 내가 제일 아끼는 이 명품 구두 한 짝만이라도 내 가족에게 전해 주시오. 게다가 발을 헛디뎌 구두가 벗겨진 걸로 하면 시나리오가 더 완벽해지겠지. 조금 구겨지면 더 좋고. 어때? 더 좋은 거 아닌가?"

최정의는 꿇어앉은 채 왼발을 꼬물거려 묶인 손으로 구두를 벗겨 둘에게 보여 주었다.

"여기 정책기획실장이 목격자니까 가족한테 갖다주면 되겠네."

사각턱이 옆을 보며 말했다.

저 멀리 구름이 바람에 밀려 서서히 평행이동 하자 보름달이 드러났다. 어제보다 살이 빠진 보름달이 향기 품은 빛을 뿜었다. 이제 은은한 달빛 향기도 차가웠다. 시커먼 바다가 밝아졌다. 바다는 차가운 향기를 반사시키며 반짝거렸다. 절벽 밑에는 바위에 추돌한 허연 파도가 달빛 향기에 취한 듯 허연빛을 뿌렸다.

이 세상 마지막 인상주의 화풍이구나!

최정의는 저승에 가서 고흐한테 자랑하고 싶었다.

감상도 잠시, 옆에 경호원 한 놈이 주머니에서 접이식 은색 칼을 꺼냈다.

촥!

칼끝을 펼쳤다. 달빛에 은색 칼 전체가 눈이 부셨다.

최정의는 시나리오가 급변경됐나 싶었다.

칼끝은 최정의의 뺨을 지나 뒤쪽으로 갔다.

척!
칼은 손을 묶은 밧줄을 끊어 냈다.
아, 그렇지.
쉬이익! 쉬이익!
대나무숲에서 바람이 마지막 작별 인사를 했다.
눈으로는 인상주의 화풍과 귀로는 바람의 말을 느끼며 긴 심호흡을 했다.
이렇게 고소공포증을 극복하는구나!
퍽!
어떤 놈인지 준비도 채 하기 전에 발로 최정의의 등을 밀었다. 최정의는 줄 없는 번지점프를 하면서 비명도 나오지 않았다. 그렇게 최정의는 파도 속으로 꽂히듯 깊숙이 떨어졌다.

뉴스 속보입니다. 최정의 정책기획실장이 어젯밤 대나무숲 절벽에서 추락해 실종됐다고 합니다. 목격자에 따르면 최정의 정책기획실장은 절벽 근처에서 발을 헛디뎌 추락했다고 했습니다. 벗겨진 구두 한 짝이 절벽 쪽에서 발견됐는데, 경찰은 최정의 정책기획실장 것인지 확인 중이라고 합니다. 거센 파도가 치는 날씨로 수색에 어려움을 겪고 있다고 합니다.

"정치에 대해 제대로 알지도 못하면서 안타까운 인재로다! 후루룩."
임금은 계란 동동 띄운 뜨거운 쌍화차를 마시며 뉴스 속보를 시청했다. 한 손은 당나귀 귀를 쓰다듬었다.
그때였다. 대나무숲을 보여 주던 뉴스 화면이 급박하게 바뀌며 앵커의 얼굴이 다시 나타났다.

아, 방금 들어온 긴급 속보입니다. 경찰 조사 결과, 최정의 정책기획실장 구두 뒷굽에서 녹음 장치를 발견했다고 합니다.

"억! 콜록! 콜록!"
임금은 쌍화차를 들이키다 토하듯이 뱉어 냈다.

경찰에 따르면 녹음 장치에는 임금님 집무실과 대나무숲에서 최정의 정책기획실장, 최민천 임금, 강준태 비서실장의 대화 내용이 녹음되어 있었는데, 그 녹음을 들은 경찰은 실족이 아닌 살인으로 수사를 이어 간다고 합니다. 이와 관련하여 최민천 임금과 강준태 비서실장의 비리도 함께 드러났다고 하는데요, 검찰은 강준태 비서실장을 긴급 체포하겠다고 밝혔습니다. 임금은 재임 기간 중 형사상 소추를 받지 않는 관계로 앞으로 어떻게 진행될지 귀추가 주목됩니다. 녹음 내용은 정리해서 며칠 내로 공개할 예정이라고 합니다.

"비서실장!! 기획실장!!"
임금은 쌍화찬지 침인지를 집무실 문을 향해 뿌리며 뛰쳐나갔다. 이미 밖은 비서실장 측과 검찰 측이 대치 중이었다.
임금은 그 앞으로 터벅터벅 걸어갔다. 임금이 다가오자 비서실장은 길을 터 주었다. 앞쪽에 칼자국이 딱 서 있었다.
"비밀이라는 건 혼자 끝까지 간직해야 비밀이라고 저번에 들었을 텐데. 누구에게 말하는 순간부터 그 비밀은 소문으로 둔갑한다고 들었잖느냐! 역시 멍청한 놈!"
칼자국은 녹음기를 켰다가 끄며 앞에 임금을 노려보았다. 자신의 칼자국에 대한 복수의 눈빛이었다.

"이 말이 이젠 당신들 얘기가 되어 버렸네요."

칼자국이 오른쪽 입꼬리를 올리자 흉터가 움찔하며 비웃음을 날려 보냈다.

"흥! 녹음 내용만으로는 내 죄를 입증하기 힘들 텐데. 구체적으로 내가 뭔 짓을 했는지 정확한 내용이 없는 걸 검찰도 잘 알 텐데. 게다가 난 지금 면책특권이 있지."

임금은 별 긴장을 하지 않았는지 두 귀가 움찔거림 없이 고요했다.

"그 말은 맞지요. 하지만!"

칼자국은 두 주먹을 쥐며 목에 시퍼런 핏대를 세웠다. 칼자국 흉터가 미세하게 떨렸다.

"이 전체 녹음 내용을 국민들이 들으면 당신 정치 생명은 어찌 될까? 당신이 백호석, 최정의를 죽인 직접적 증거가 없더라도 국민들이 당신을 어떻게 볼까? 3선은커녕 곧 왕좌에서 탄핵될걸. 당신을 존경했던 수많은 국민들의 배신감은 어떻게 달래 줄 건데? 이 섬을 떠난다 해도 당신은 백성을 천하게 여겼던 최민천이라는 원망의 감옥 속에 갇혀 살게 될 거야!"

최민천은 인정하기 싫은 듯 굳은 얼굴로 동공이 커지며 칼자국을 죽일 듯이 응시했다. 앞으로 일어날 충격을 예감했는지 큰 귀가 펄럭거리듯 꿈틀거렸.

칼자국은 감정을 억누르고 주먹과 목에 힘을 뺐다.

"최정의가 내가 준 구두를 벗지 않으면 증거가 바닷속에 수장될 뻔했지 뭐야. 그러면 그동안의 내 노력이 부서지는 파도처럼 산산조각 날 뻔했지. 최정의의 죽기 전 순간 센스가 날 살렸지. 아니, 우리 왕국의 섬 전체를 살렸어. 참 안타까운 인재였어. 최정의는 죽음으로써 정의를 이룬 셈이야."

칼자국은 한 짝밖에 없는 명품 구두를 떠올리며 아쉬워했다. 비서실장은 진흙이 묻은 채 뒷굽이 조금 구겨진 구두 한 짝이 머릿속에 스쳐 지나갔다.

녹음 내용이 공개되자 왕국의 섬 국민들은 최민천을 더 이상 임금으로 인정하지 않았다. 최정의를 절벽에서 추락사로 위장하여 죽였다는 것에 모두가 충격을 받았다. 국민들은 거리로 나와 '최민천은 물러가라!'라고 외쳤다. 마치 육지 대한민국의 1987년 민주화 운동을 다시 보는 듯했다.

결국 최고평의회에서 최민천에 대한 탄핵을 의결했다.

# # 못다 한 이야기

1986년 봄.
우리 왕국국민학교 6학년은 육지 대한민국으로 수학여행을 갔다. 친구들 모두 다 국민학교 말년에 처음으로 육지를 밟았다. 섬하고 비교될 수밖에 없었다. 육지에 발을 디뎠을 때 비린내 대신 대한민국 수도 서울의 발전된 냄새가 났다. 나중에 알았지만 그건 공장 연기와 차에서 뿜어내는 매연, 그리고 도시에 찌들어 가는 콘크리트 건물의 숨 막히는 냄새였다. 그래도 매일 맡던 비린내보단 좋았다.

63빌딩 근처에 서서 위로 바라볼 땐 목이 꺾여 부러지는 줄 알았다. 우리 섬 절벽에서는 바다에 떨어지면 살아날 확률이라도 있지,

저 빌딩 꼭대기에서는 떨어지면 그야말로 온몸이…. 생각만 해도 몸서리쳤다.

그리고 난 상상했다. 대나무숲에서 부는 바람과 저 꼭대기에서 부는 바람은 다를까?

당연히 대나무숲의 짠바람을 맞으며 절벽 아래를 보는 느낌과 저 꼭대기에서 발전된 도시 바람을 맞으며 서 있는 느낌은 다를 게 뻔했다.

우린 진짜 63층인지 확인하려고 눈을 빳빳이 뜬 채 집게손가락으로 가리키며 헤아리기 바빴다.

"어, 60층인데?"

"아니, 난 59층인데?"

"난 61층!"

"얘들아, 63빌딩은 지상 60층이란다. 지하 3층까지 합치면 63층이지."

옆에 지켜보던 담임선생님이 답답했는지 그제야 말씀해 주셨다. 진작 말씀해 주셨으면 모가지와 팔이 안 아팠을 텐데.

우리들은 시선을 바꿔 다른 빌딩들을 구경했다. 언제 또 이렇게 고개를 치켜들 일이 있으랴? 우린 두 눈에 한껏 담아 마음속에 새겼다.

그런데 이상한 게 있었다. 수학여행 버스를 타고 지나가는 관공서마다 '정의사회구현'이라는 멋진 글귀가 딱 걸려 있었다.

정의사회구현?

왠지 정의라는 단어에 난 눈과 마음이 꽂혔다. 느낌은 오는데 정확히 풀어서 설명하기가 뭐했다. 주워들은 한자를 총동원해도 바를 정, 뜻 의 정도. 바른 뜻? 바른 뜻이 있는 사회를 실현한다?

어쨌든 좋은 말임에는 틀림없었다.

원래 내 꿈이 훌륭한 정치가가 되는 것이었는데, 꼭 정치가가 돼서 정의사회를 구현하라는 하늘의 계시로 보였다.

정의!

좋지! 정치가의 최대 덕목이 될 것 같았다.

"영희야! 우리 사진 좀 찍어 줘."

누군가 뒤에서 내 이름을 부르길래 난 고개를 휙 돌렸다.

"너 말고 저기 영희. 하하하!"

여자아이들이 깔깔거리며 웃었다. 난 맨날 속으면서도 습관적으로 고개를 돌리곤 했다.

'영희', 정의와는 반대로 정말 듣기 싫은 내 이름이었다. 여자 영희는 괜히 날 보며 입을 삐죽거렸다. 마치 남자인 네가 왜 여자 이름을 쓰냐는, 큰 죄를 저지른 사람을 보는 눈빛이었다. 아버지는 왜 내 이름을 여자처럼 지어 가지고는 평생 놀림을 당하게 만드는지. 고소하고 싶었다.

교과서에는 항상 남자 친구가 철수였다. 육지 대한민국 교과서는 어떨까 싶어 궁금했는데 육지 대한민국이 원조란다. 나 원 참!

난 미워서 아버지 선물도 사 오지 않았다. 집에 와서는 아버지께 따졌다.

"아버지! 내 이름 바꿀래요!"

"이름? 이름은 함부로 못 바꾼다. 법이 엄격해서 말이야."

아버지는 바로 고개를 절레절레 저었다.

"내 건데 왜 맘대로 못 바꾸는데요?"

"음… 내가 알기론 범죄자가 이름을 바꿔 범죄를 숨길 수 있어서 국가가 제한한 걸로 알고 있어."

"전 범죄자도 아니잖아요!"

"육지 대한민국에서 하니까 우리 왕국도 따라 하는 것 같구나. 그리고 네 이름은 할아버지가 지어 주신 좋은 이름이라고 했어."

"여자 이름인데 뭐가 좋아요?"

내가 계속 입을 삐죽 내밀고 있으니 아버지는 더 해 줄 말이 없는 듯했다.

"그럼 나중에 크면 네 꿈대로 정치가가 돼서 법을 바꿔 봐."

아버지는 더 이상 대화를 귀찮아하셨다.

"네."

그래도 위안을 삼는다면 난 3학년 때부터 반장을 놓친 적이 없었고, 6학년 때는 전교회장이 되었다는 것이다. 내가 웅변학원 다니면서 정치가의 꿈을 일찌감치 키워 온 것도 있지만 영희라는 여자 이름으로 전교생에게 원치 않는 인지도도 높아진 것도 한몫한 것 같았다.

아버지는 할아버지가 오랫동안 나랏일을 맡은 정치가셨다면서 자랑하시곤 했다. 아버지는 할아버지 피를 물려받지 못한 대신 다른 일을 꾸준히 하는 데 만족하셨다. 내가 꿈이 정치가라고 했을 때 아버지는 할아버지의 정치가로서 좋은 이미지를 생각하셨는지 잘해 보라고 하셨다.

내가 할아버지 정치가 유전자를 제대로 물려받았는지 반 아이들 몇십 명을 이끌고 통제하는 일은 나름 할 만했다.

그래서 학교에서 주는 상들을 휩쓸곤 했다.


수학여행 갔다 오고 얼마 후 한번은 아버지한테 물었다.

"정의가 어떤 게 정의예요? 그냥 '바를 정, 뜻 의' 말고요."

아버지도 '바를 정, 뜻 의'를 말하려던 게 들켰는지 입을 뻥긋하려다 말았다.

"음… 나중에 알려 줄게."

아버지는 급히 볼 일이 있다며 고개를 돌려 나가 버렸다.

그 후 진짜 나중에 뜻을 알려 주셨다.

"예전 할아버지께서 나랏일 할 때 들었던 얘기가 생각나네. 나랏일 할 때 백성들 중에 억울한 사람이 생기면 안 된다고 하셨지. 그게 정의라고 말씀하신 적은 없지만 네 질문을 듣고 생각해 보니 세상에 억울한 사람이 없는 게 정의 같구나."

아버지는 마치 자신이 말한 것처럼 뿌듯해하셨다.

억울한 사람이 없는 세상!

국민학생인 나에게 딱 맞는 대답 같았다. 단순하면서도 명확하게 정의에 대한 정의를 내렸다.

난 정의롭게 반에 무슨 일이 생기면 반장인 내가 나서곤 했다.

한 친구가 부모님이 사고로 돌아가시고 할머니와 살게 되었다. 가정 형편이 어렵게 되어 점심 도시락도 제대로 못 사 오게 되자 난 담임선생님을 찾아갔다. 학교에서 모금 활동을 해서 도와주자는 의견을 냈다.

"가정 형편이 어려울 경우 교육청에서 따로 조사해서 도와주니깐 신경 안 써도 된단다. 대신 너의 기특한 생각은 우리 어른보다 낫구나. 넌 커서 분명히 네 꿈대로 정의로운 정치인이 될 거야."

담임선생님은 내 머리를 쓰다듬어 주시며 흐뭇해하셨다.

1987년, 그렇게 6학년이 지나고 중학교에 진학했다. 육지 대한민국 수도 서울 같으면 중학교 올라가면서 친구들이 흩어지겠지만 우리 섬은 그렇지 않았다. 그놈이 그놈들이었다. 오히려 다른 동네에서 온 학생들까지 합쳐 나를 놀릴 인간들이 더 늘어났다.
"어이, 영희! 철수 어디 갔어. 남자친구 빨리 찾아야지."
정말 젠장인 건 1학년 다른 반에 철수라는 놈이 나타났다. 3년 동안 빌어먹을 커플 행세를 할 생각에 내 정치가 꿈에 큰 오점을 남기게 생겼다. 제발 2, 3학년 때도 같은 반만 안 되게 해 달라고 천지신명께 빌었다.
중학교 때도 내 명성은 잦아들지 않고 반장 하는 데 문제가 없었다. 사춘기가 되니 반 아이들 다루기가 힘들어진 건 사실이었다. 하지만 이 또한 내가 정의로운 정치가가 되기 위한 통과의례라고 받아들였다.
한편 육지 대한민국에서는 혼란스러운 일의 연속이었다. 정말 안타까운 건 정의사회구현을 내세우며 집권한 육지 대통령이 엄청 이미지가 안 좋게 변했다. 대학생들은 하루가 멀다 하고 시위를 했다. 대통령 물러가라 하며 시끄러웠다.
정의를 강조했던 대통령이 정의롭지 못한 행동을 했다고 하니 왠지 내가 부끄러웠다. 난 절대 저런 정치가는 되지 않을 거라 다짐했다.
그리고 중학생이 되니 국민학교 때 없던 과목이 생겼다. 대표적인 게 영어와 한문이었다. 한문을 배우면서 국민학교 때까지 알았던 정의의 '의'가 '뜻 의'가 아니고 '옳을 의'라는 것을 알았다. 정치의 '정'이 '바를 정'이 아닌 것도 알았다. 내친 김에 내 이름, 듣기 싫은 내 이름 영희의 뜻을 이제야 알고 싶었다. 한문 시간 배운 대로 옥편을 펼쳐서 한 자씩 찾았다.

'영화로울 영, 기쁠 희'

영화롭고 기쁘다?

하나도 기쁘지 않았다. 이런 억지 이름을 할아버지가 지어 주셨다니 참 나!

난 한문 시간에 배운 아는 한자를 토대로 내 이름을 바꿔 보기로 했다. 중1때 배운 한자로도 쉽고 멋진 이름을 만들었다.

난 아버지께 말씀드렸다.

"나중에 커서 법이 바뀌면 개명할 거예요. 정치에 딱 맞는 이름으로요. 아주 쉬운 이름으로 벌써 지어 놨어요."

"그래, 뭔데?"

"백성 민! 하늘 천! 최민천! 백성을 하늘처럼 섬긴다. 어때요?"

"오호! 좋구나. 넌 커서 반드시 훌륭한 정치가가 될 거야."

## 제2장

# 21세기 홍길동전

**1. 율도국**

육지 대한민국 서해, 왕국의 섬에서 10여 km 떨어진 곳에 율도국이라는 섬이 있었다. 최민천이 임금으로 군림했던 '왕국의 섬'처럼 육지 대한민국에서 별 간섭 없이 자치섬으로 인정받았다. 하지만 율도국은 왕국의 섬과 달리 육지의 선진 문물을 받아들이는 걸 거부하고 19세기 말 생활방식을 고집하며 살았다. 근대화 직전의 삶이었다. 개방이라 해 봤자 최소한의 물품만 실어 나르는 상선이 가끔 드나들 뿐이었다. 이렇게 된 이유는 왕 주변에 외척세력들이 득세했기 때문이다.

병조판서 주도의 외척세력들은 섬을 개방하면 자신들의 입지가 좁아질까 봐 결사반대했다.

"개방은 곧 죽음이오."

병조판서는 외척세력들에게 각인시킬 정도로 이 뜻을 굽히지 않았다. 왕도 이런 외척세력들이 마음에 들지 않았지만 딱히 방법이 없어 정치적으로 힘을 발휘하지 못했다. 이웃 나라 왕국의 섬이 개방을 하고나서 '민주주의'라는 생소한 용어가 유행했지만 율도국에서는 딴 나라 얘기였다. 외척세력들은 율도국의 개방을 철저히 통제했다.

율도국에서 육지 대한민국으로 나갈 수 있는 경우는 다음과 같았다.

첫째, 육지 대한민국으로 이사하는 경우. 하지만 이사를 할 경우 율도국에 기부금 명목으로 많은 돈을 내고 나가야 했다. 금액은 그때 상황에 따라 정했다.

둘째, 높은 신분일 경우. 신분이 높은 사람만이 육지 대한민국에 유학이나 여행 목적으로 일정 기간 나갈 수 있었다. 하지만 그것도 혼자가 아닌 감시자를 따라 붙였다.

셋째, 의료 목적일 경우. 이 또한 율도국에 큰 비용을 지불하고 나 길 수 있었다. 응급 환자일 경우 봉수대에 빨긴 연기 3개를 피우면 육지에서 하나하나아홉이라는 구조대에서 대가리가 큰 잠자리를 보내 환자를 신고 나갔다.

"결국 우리들은 죽을 때까지 섬에서 비린내나 맡고 있으란 얘기지 뭐."

저잣거리 백성들이 주막에서 술을 퍼마시면서 으레 하는 말들이었다.

돈 있는 백성이 불행하게도 환자가 되면 잠시 행복하게도 육지 냄새를 맡을 수 있는 기회만 있을 뿐이었다.

이렇다 보니 기득권을 가진 지배층들은 굳이 육지로 나갈 필요가 없었다. 나가는 순간 대감, 양반, 나으리, 어르신 대신 아저씨, 당신, 어이! 형씨가 된다. 사장님, 선생님이라 불린들 신분제가 무너진 육지 사회에서는 길거리 거지와 똑같은 평등사회였다.

물론, 몰래 밀항으로 섬을 탈출하는 탈도민이 있었지만 들킬 경우 다시 태어날 기회를 베푼다며 저세상으로 보내 버렸다.

운 좋게 탈출에 성공하면 육지에 살든지 아니면 육지 물품을 밀수해서 율도국에 돌아와 파는 경우도 있었다. 어떤 이는 육지에 살다가 적응을 하지 못하고 다시 오는 경우도 있었는데 이러한 사람들은 인기가 좋았다. 육지 대한민국의 발전된 생활상을 실감 나게 들을 수 있는 좋은 기회였다. 육지가 안 되면 차선책으로 왕국의 섬에 몰래 가서 간접 경험을 하기도 했다.

어쨌든 알게 모르게 선진 문물과 새로운 사고가 율도국으로 전파되었다. 자연스레 율도국에서는 육지에서 쓰는 말이나 행동, 물건들이 암묵적으로 생활에 스며들었다. 평민뿐만 아니라 지배층 사이에서도 유행하였다.

율도국의 홍길동은 아버지가 정2품 무관 출신으로 금수저를 너머 다이아몬드 수저로 태어났다. 무관 출신 아버지 영향으로 육지의 종합격투기와 비슷한 무예에 재능을 보였다. 하지만 서자로 태어났기 때문에 호부호형하지 못하는 신분적 한계로 항상 육지 대한민국의 생활방식을 꿈꾸었다.

그러다 중2병에 걸린 나이가 되자 무서울 게 없었던 홍길동은 아버님께 편지만 남기고 사라졌다.

> 그동안 키워 주신 데 감사하며 저는 기회가 공평한 육지로 떠나겠습니다. 가족들 잘 보살펴 주십시오.

밀항에 간신히 성공하여 살아남은 홍길동은 육지에서 신분 세탁을 하며 살았다. 육지에서 배운 진짜 종합격투기 솜씨와 함께 신식 문물을 접한 터라 학식도 뛰어났다.

그렇게 세월이 흘러 홍길동이 스무 살이 되었을 때였다. 율도국에서 밀항에 성공한 탈도민을 만나 섬 소식을 듣게 되었다. 병조판서 세력들의 횡포가 심해져 많은 무관 출신 가문이 몰락했는데 그중에는 아버지 집안도 있다는 것이었다. 병조판서는 아버지가 아들 홍길동이 탈출한 걸 보고만 있었다고 꼬투리를 잡았다. 이에 결국 병조판서는 아버지 관직을 박탈하고 가족을 사형시켜 버렸다. 남동생 홍길순만 겨우 살아남아 의적이 되었다고 했다.

홍길동은 심장이 팽창하고 뜨거운 열이 머릿속에 갇혀 버린 것 같았다.

내 돌아가서 꼭 복수하고 새로운 나라를 건설하리라!!

그렇게 굳은 결심을 하고 홍길동은 밀항을 통해 율도국으로 돌아와서 동생 홍길순을 찾아 의적이 되었다. 그리고 자신과 뜻을 같이 하는 사람들을 모아 정치세력화했는데 이름하여 활빈당(活貧黨)이었다. 홍길동은 활빈당을 점조직으로 운영하며 감시를 피해 활동했다.

"그냥 골빈당이지. 홍길동 좋아하네! 홍길뚱이다!"

병조판서는 처음에 가소롭게 치부하며 스스로 위로했다.

활빈당의 첫 번째 표적은 탐관오리 중에 변학도라는 사또였다. 낙하산으로 관리가 된 변학도는 백성들을 괴롭히는 일관성이 있는 정책으로 백성들의 원성을 한 몸에 받았다. 필요 이상으로 세금을 걷는다든지, 흉년이 들어 먹을 게 없는 백성들의 급한 사정을 악용하여 높은 이자로 곡식을 대여해 주고 이자를 받는답시고 백성들을 탈탈 털어먹었다. 홍수가 나서 다리나 둑이 무너져 나라에서 복구 비용을 주면 일부는 빼돌려 자기네들끼리 해 잡수셨다.

홍길동은 계속 경고장을 화살에 실어 보내고 왕실에도 비리를 알렸다. 한번은 변학도가 거주하는 대궐을 침입하여 뺏은 재물을 백성들에게 나눠 주었다.

또한 변학도는 온갖 달콤한 말로 춘향이를 네 번째 부인으로 만들려고 헛짓거리를 했다. 하지만 춘향이는 일편단심 이몽룡이라며 끝까지 거절하였다.

"수청 좋아하시네! 그러다 사또님이 숙청당하실 겁니다!"

춘향이는 눈을 치켜뜨고 앙칼지게 꾸짖었다. 신분이 높은 이몽룡은 육지 대한민국에 유학을 갔다 온 후 암행어사로 특채되어 컴백하였다. 암행어사 출두야! 외쳤을 때 홍길동은 병졸로 변장하여 변학도를 잡는 데 큰 공을 세웠다. 그때 홍길동은 춘향이의 미모를 보고는 깜짝 놀랐다. 이몽룡과 헤어지고 자기한테 환승연애 하라고 할 뻔했다.

두 번째 표적은 육지 대한민국에서 출소하고 갈 곳이 없어 밀항한 콩쥐 계모와 그 딸 팥쥐, 그리고 뺑덕이었다. 뺑덕과 계모는 의자매를 맺고 감옥에서 배운 기술로 사기를 치며 부당이득을 취했다.

"자, 율도국을 육지 대한민국이 곧 개발할 것이니 빨리 땅을 사 놓으시고 저희한테 투자하시오!"

뺑덕과 계모를 함부로 못 건드린 건 배후에 율도국 검계(劍契)라 불리는 무뢰배들이 봐주고 있었기 때문이었다. 홍길동은 뛰어난 무예와 지략으로 용감히 맞서며 이런 무뢰배들을 소탕했다.

내친김에 홍길동의 활빈당은 백성의 피와 살을 빼먹는 놈들이라면 양반이고 상놈이고 할 것 없이 혼내 주거나 재물들을 빼앗아 억울한 백성들에게 나눠 주었다.

위기의식을 느낀 여러 탐관오리들이 현상금까지 내걸며 홍길동을 잡으려 했다.

"우리를 위해 싸우는 홍길동을 고발하는 것은 정의에 대한 의리가 아니다."

오히려 백성들은 홍길동을 감쌌다. 이러자 홍길동이 도술을 부려 못된 놈들을 물리친다며 신출귀몰한 활약으로 전국에 소문이 났다. 사실 도술은 아니었다. 육지에 있을 당시 마술사 이은결, 최현우와 친하게 지내다 마술 몇 가지를 배웠는데 이게 도술로 둔갑한 것이다. 어쨌든 홍길동은 율도국에서 의적으로서 이미지를 굳히고 많은 백성들의 지지를 받았다.

이런 내용이 왕실에까지 알려지자 왕은 홍길동을 궁궐로 불러들여 특채로 뽑았다. 직위는 왕 직속으로 있는 부정부패비리조사부, 줄여서 부비부의 부장이었다. 왕 입장에서는 외척세력을 견제할 유일한 인물이었다. 당연히 병조판서는 반대했다. 탈도자인 데다 재물을 훔친 죄를 물어 사형을 시켜야 한다고 주장했다. 하지만 왕은 나라를 위하는 마음에서 탐관오리들을 척결하는 데 앞장섰다며 홍길동을 옹호했다.

"여러분들 중에 홍길동처럼 목숨 걸고 정의를 위해 살신성인 한 사람이 있소?"

왕은 오랜만에 신하들을 향해 호통을 쳤다.

그 후 홍길동은 신분제를 폐지하고 육지와 개방하는 것이 시대의 흐름이라며 공공연히 말하고 다녔다. 이에 홍길동이 못마땅한 병조판서 세력은 말도 안 되는 소리라며 전체 회의에서 한마디 했다.

"신분제가 나쁜 것만이 아니오. 나름대로 각각의 신분들이 자기 자리에서 제 기능을 하니까 나라가 돌아가는 것이오!"

병조판서는 목소리를 높였다.

"가진 자들이 자신의 기득권을 유지하기 위해 신분제를 만든 겁니다. 만약 병조판서께서 노비로 태어났더라도 그런 말을 하시겠습니까? 하층민들 중에도 뛰어난 사람이 많습니다. 이런 신분적 한계 때문에 능력을 발휘하지 못하는 게 얼마나 안타깝습니까? 기회는 공평하게 주어져야지요!"

홍길동도 평소 감정이 좋지 않았던 병조판서를 향해 처음으로 목소리를 높였다.

"듣자 하니 육지 대한민국에서 요즘 젊은 사람들이 개나 소나 대학 나와서 돈 안 되고, 힘든 일 안 한다지. 그래서 어떻게 됐소? 다른 나라에서 일할 사람을 데려와 돈 주고 시킨다며? 이 얼마나 낭비요. 국내 젊은이들은 그런 일 하기 싫어 놀고 있고, 외국인한테 일을 시키니 나랏돈이 밖으로 빠져나가잖소?"

병조판서는 이래저래 주워들은 얘기에 자기 생각을 덧붙여 이 기회에 말해 봤다. 홍길동도 병조판서가 나라 문을 꽉꽉 걸어 잠그고 있어 바깥 세상에 대해 아무것도 모를 거라 생각했는데 조금은 놀랐다.

하지만 홍길동은 병조판서에게 당당히 반박했다.

"노는 게 아니라 자기 능력을 계발해서 더 좋은 일을 하려고 노력하고 있는 거지요. 기회가 공평하니까 이것도 가능한 것이지요."

"모두 다 고등교육을 받아서 높은 자리 오르려고 하니 대장간 같은 공장에는 사람이 모자라는 것이오. 누군가는 하찮은 일을 해야 나라가 돌아가잖소. 신분제를 유지한다면 자기 자리를 대대로 지키기 때문에 이런 일은 발생하지 않을 것이오!"

병조판서는 혓바닥에 시동이 걸리며 시원하게 내뱉었다. 다른 신하들도 고개를 끄덕였다. '병조판서 나이스!'였다. 병조판서는 흐름을 타 프리스타일 랩을 시작했다.
"게다가 육지에서는 혼인도 안 하고 애도 안 낳는다고 들었소. 나라에서 백성들을 너무 풀어 주니까 다들 자기 좋아하는 삶만 추구하지, 나라 장래에는 관심이 없게 되었소. 단적인 예로 우리 율도국에서는 여전히 농업을 중시한다오. 농사를 지으려면 일손이 많이 필요하니 애도 많이 낳는 것이오. 이게 다 신분제 사회니까 가능한 것이오. 육지에서는 저러다가 애까지 수입하게 생겼잖소!"
"그건 궤변이십니다!"
사실, 병조판서도 몰래 특사를 육지에 파견해 그쪽 상황을 전달받았다. 긍정적 상황보단 부정적 상황을 숙지하고는 개방에 반대하려는 명분만 찾았다.
"개방하자는 것도 역시 반대요. 백성들이 먼저 필요하다고 찾질 않는데 괜히 개방해서 나라가 제공할 필요는 없지. 뭔가 새롭게 제공하는 순간 거기에 맛을 들여서 문제가 된단 말이오."
병조판서는 혓바닥을 놀려 쾌속 질주했다. 홍길동은 계속 반박했다.
"나쁜 것보다 좋은 게 더 많이 들어올 겁니다. 좋은 것만 가려서 받으면 되지요. 나쁜 건 나라에서 제공하지 않으면 백성들도 찾지 않을 겁니다."
홍길동은 육지 생활의 실전 경험을 바탕으로 밀어붙일 작정이었다.
"말이야 쉽지. 분명 안 좋은 게 제공될 수밖에 없소."
"찾질 않는데 무슨 수로 제공합니까? 나으리 말대로 누군가 찾아야 뭘 만들든지 제공할 것 아닙니까?"
홍길동은 답답해했다.
"육지의 고급진 말로 수요가 공급을 창출한다 그 말이오?"
병조판서가 수염을 쓸어내리며 물었다.

"잘 아시는군요."

홍길동도 육지에 있을 때 주위들은 말이 생각났다.

"거꾸로 공급이 수요를 창출할 수도 있지요."

신하들은 뭔 말인지 모르지만 병조판서 말이면 무조건 고개를 끄덕였다. 홍길동은 고개를 갸웃했다.

"술, 담배를 보시오. 예전에 누가 술, 담배를 먼저 필요하다고 찾진 않았소. 맨 처음 어떤 놈인지 모르지만 술, 담배를 만들어 팔면 괜찮겠다 싶어 공급을 먼저 한 것이오. 그다음 사람들이 술, 담배를 접하고 나서는 이거 괜찮다 싶어 수요가 증가한 것이오. 최초로 만든 그놈이 죽일 놈이오. 지금 육지에서 문제가 되고 있는 대마초나 마약도 똑같은 원리라오."

병조판서는 뭘 좀 아는 척 거들먹거리며 말했다. 주위에 신하들도 옳다구나! 하며 맞장구를 쳤다.

"그래도 실보다는 득이 많습니다."

홍길동은 혼자 나서려니 역부족이었다.

그 후 홍길동은 자신이 추구하는 정치 방향과 달라 벼슬을 내던지고 산속에서 제자를 양성하며 살아갔다.

그렇게 또 몇 년이 흘렀다. 중간중간에 지배층의 횡포에 크고 작은 민란도 일어났지만 곧 진압되었다.

### 2. 첩자, 3일 - 제1일

밀고자는 스승을 몰래 찾아갔다.

"스승님! 일이 쉽게 잘 풀릴 것 같습니다. 천년보살이 역모에 가담하고 있습니다."

"역모? 어허! 그거 잘됐구나! 우리가 굳이 힘쓸 필요가 없겠구나."
스승은 입가에 흐뭇한 미소를 지었다.

### 〈병조판서의 집〉

"다들 준비는 잘되어 가고 있지요? 금위영 대장은 실수가 없도록 하시오!"
"철저히 준비하고 있습니다. 병조판서 나으리!"
금위영 대장은 고개를 살짝 숙이며 대답했다.
긴 탁자에 주동 인물들이 양쪽으로 앉아 있었다. 굳은 결의를 보여 주듯 입을 꽉 다문 채 서로의 눈빛을 교환했다.
그동안 병조판서는 역모를 위해 육지에서 신식무기를 밀수하려 했지만 육지의 감시가 심해 쉽지가 않았다. 그래서 가까운 왕국의 섬에도 시도했지만 역시 감시가 만만치 않았다. 그러다 기기창 대장을 왕국의 섬에 보내 뇌물을 주고 겨우 빼내 온 게 권총 설계도 정도였다. 수많은 시행착오를 거친 뒤 드디어 권총 한 자루를 제작하는 데 성공했다.
"나으리, 이 총은 조총보다 훨씬 좋습니다."
금위영 대장이 권총을 만지며 말을 이었다.
"권총이라고 하는데 조총보다 가볍고 조작도 간단합니다. 조총은 장전하는 데도 시간이 걸리고 둥근 탄환을 한 발밖에 발사하지 못하지만, 이 총은 장전도 쉬운 데다 도토리 모양의 탄환으로 6연발입니다."
금위영 대장은 봐도 봐도 신기한 권총에서 눈을 떼지 못했다.
"맞습니다. 무엇보다 이 권총에 맞으면 조총보다 더 아프지요. 이 방아쇠를 당겨 공이가 탄환을 치면 도토리 탄환은 나선형을 그리며 가슴에 박히지요. 그때 도토리 탄환은 가슴을 후벼 파고 들어 살이며 뼈며 다 짓이기고 부숴 버리지요. 곧 심장까지 파고들어 뜨거운 피는 넘쳐흘러 그 자리에서 저승사자와 쌍화차 한잔하게 되지요."

기기창 대장은 설계도를 빼내 올 때 주워들은 걸 자랑삼아 총알처럼 빠르게 뱉어 냈다. 역시 말이 많고 빠른 건 알아주는 대장이었다.

"좋소. 밤을 새서라도 권총을 빨리 더 만드시오."

병조판서가 기기창 대장을 보며 지시했다.

"네. 며칠 내로 열 자루 정도는 만들 수 있을 것 같습니다."

"이것보다 기관총이라고 방아쇠를 한 번만 당겨도 수십 발이 나가는 총이 있다고 들었소."

어영청 대장도 권총을 신기하게 바라보며 물었다.

"있지만 그건 여간해서 빼내 오기 힘들어서요. 방아쇠를 당기면 따다다다 소리 난다고 해서 일명 따발총이라고도 하지요."

기기창 대장이 양손에 기관총을 든 것처럼 하고는 소리를 내며 허공에다 쏘는 시늉을 했다.

"허허, 따다다다 하는 게 기기창 대장 입도 따발총이군요."

어영청 대장이 농담을 던져 봤다. 다들 허허 웃으며 맞장구를 쳤다.

그때였다.

따다다다!!

다들 문밖에서 따발총 같은 소리를 듣고는 숨을 멈췄다. 밖에서 점점 커지는 소리에 다들 가슴이 철렁했다.

이히히힝! 말의 발굽소리였다.

한 사람이 말에서 떨어지듯이 내렸다.

"나으리! 서천이옵니다."

서천은 병조판서의 연락책이었다.

"들어오너라!"

말이 채 끝나기도 전에 서천이 문을 열어젖혔다. 인사는 하는 둥 마는 둥 병조판서 귀에 대고 속삭였다.

"뭣이?? 역모?" 병조판서 눈썹이 치켜 올라갔다.

다들 역모란 말에 뜨끔하여 눈이 휘둥그레졌다.

"우리보다 먼저 역모를 꾀한다는 놈들이 있다는 전갈이오!"

"네에??" 다들 고개를 이리저리 돌렸다.

따발총을 수십 발 맞은 표정이었다.

병조판서도 고개를 이리저리 돌리며 앉아 있는 사람들을 빠르게 훑었다.

"누가 우리보다 먼저 역모를 꾀한단 말입니까?"

어영청 대장이 병조판서를 보며 못 믿겠다는 표정으로 물었다.

"어떤 밀고자가 털어놓았다 하오. 무당이 가담했다고 하던데, 자세한 건 다음에 얘기하고 우선 전하께 아뢰고 당장 역모자를 잡아들일 것이오. 오늘은 여기까지 하고 빨리 돌아갑시다."

병조판서는 말을 끝내면서 바로 일어났다. 하마터면 의자가 뒤로 넘어질 뻔했다.

다들 누가 볼세라 서둘러 빠져나갔다.

병조판서가 전하께 알리자 의금부의 금부도사가 무당을 비밀리에 잡아들였다. 해 질 무렵 금부도사는 무당을 의금부의 공개 장소가 아닌 외진 장소 마당에 꿇어앉혔다. 이미 천년보살은 잡혀오다가 한번 난리를 쳤는지 머릿결이며 옷이며 흐트러져 몰골이 말이 아니었다. 하지만 눈빛만은 흐트러지지 않았다. 금부도사는 눈에 힘을 주며 천년보살을 위아래로 훑어봤다.
 "천년보살 네 이년! 감히 무속인 주제에 역모자와 결탁하다니!! 무당이 권력에 맛을 들였구나!"
 금부도사는 채찍 같은 막대기를 던질 듯이 하며 천년보살을 향해 소리쳤다.
 "어서 죽여라! 이미 내 아들은 민란 주동자로 처형당했다. 더 이상 이 나라에는 희망이 없다!"
 천년보살은 죽을 걸 아는지 거침이 없었다. 병조판서도 천년보살을 천천히 훑어보며 입을 열었다.
 "죽이긴 왜 죽여. 문초를 해서 배후를 알아내야지. 뭣들 하느냐? 어서 준비해라!"
 "네!" 병사 둘이 화로에 불을 붙이고 인두도 가져왔다.
 "어차피 역모할 사람은 많으니라. 지금 나라가 이 꼴인데 역모가 이상할 게 하나도 없다. 병조판서 당신도 역모할 것이란 걸 내가 모를 줄 아느냐!"
 천년보살은 침까지 튀겨 가며 마지막 발악을 했다.
 병조판서는 잠시 숨이 멈췄다. 금부도사는 못 들은 척했다.
 "저년이! 죽을 때가 되니 해괴망측한 말을 하는구나! 어서 인두를 달구거라!!"
 병조판서도 침을 튀기며 발악하듯 명령했다.
 키 큰 병사가 화로에 인두를 쑤욱 꽂았다. 쇳덩이가 점점 익어 가듯 붉게 변했다. 붉게 변하는 인두를 보자 천년보살의 얼굴과 목도 붉게 달아올랐다. 얼굴 앞에서 이글거리는 뜨거움보다 이 나라에 대한 분노가 자신의 온몸을 달아오르게 했다. 달도 구름에 가린 어둠 속에서 인두는 더욱 붉게 빛을 뿜어냈다.

키 작은 병사가 인두를 꺼내 들어 천년보살 얼굴로 향했다. 천년보살은 눈도 깜빡이지 않고 병조판서만 쏘아보았다. 눈빛 속에 붉은 인두가 이글거렸다.

병조판서는 눈을 부릅뜨며 병사의 인두를 빼앗아 직접 천년보살 얼굴로 가져갔다.

"육지에서는 문초를 이걸로 안 하고 그냥 말로만 한다지. 그렇다고 윽박지르는 것도 아니고, 편안히 의자에 앉아 말로 해서 언제 자백을 받아 내는지 도저히 이해가 안 간단 말이야. 빨리 배후를 말하거라!"

병조판서는 곧 지질 듯이 인두 손잡이를 꾹 쥐었다.

"내가 주동자다! 어서 죽여라!! 육지 같으면 넌 벌써 사형이다!"

천년보살은 더 이상 변명도 귀찮은 듯 다시 한번 침을 튀기며 소리쳤다.

취이익!

그 침은 눈앞의 인두 속으로 파고들어 살신성인했다. 천년보살의 목에 힘줄은 잔뜩 튀어나와 붉거졌다.

"소원대로 해 주지."

병조판서는 시뻘겋게 달궈진 인두를 천년보살 얼굴로 가져갔다. 천년보살 눈 속에 비친 인두는 점점 커지고 붉어졌다.

"불이야!!"

그때 누군가 소리쳤다.

저기 100미터쯤 뒤쪽 창고 쪽에서 불이 활활 타올랐다.

"최소 인원만 남고 어서 불을 끄도록 하라!!"

금부도사는 즉시 명령을 내렸다. 의금부에 있던 병사들이 우르르 달려가서 물동이를 들고 물을 퍼 날라 불 끄기 바빴다. 시간이 얼마나 지났을까.

"침입자다!!"

바깥에 한 병사가 지붕을 가리키며 소리쳤다. 지붕 위 곳곳에 검은 옷을 입고 얼굴을 가린 침입자들은 일제히 활시위를 당겼다. 일찍 들키는 바람에 제대로 조준도 하지 못하고 화살이 어지럽게 날아갔다. 화살비가 사선을 그으며 마당을 그물망 치듯 날아들었다.

슉, 퍽! 슉, 퍽! 슉, 퍽!

윽! 으윽…!

병사들 몇몇이 쓰러졌다. 병조판서는 도망가지 않고 놈들의 움직임을 살폈다. 혹시나 홍길동이 다시 돌아왔나 싶어 유심히 관찰했다. 그러자 화로 쪽으로도 화살이 날아들었다.

"흑!"

인두를 들고 있던 병조판서도 오른쪽 팔에 화살을 맞았고, 옆에 있던 병사들도 쓰러졌다. 인두는 천년보살 옆으로 떨어져 땅바닥을 달구듯이 허연 연기를 내뿜었다. 곧이어 저쪽 문이 부서지며 수십 명의 무사들이 쳐들어왔다. 얼마 안 되는 의금부 병사들이 채 정비도 하기 전에 무사들은 화려한 칼솜씨로 병사들을 쓰러뜨렸다. 금부도사도 검은 무리들의 칼놀림에 움찔하며 병조판서를 데리고 뒷문으로 빠져나갔다.

침입자 소식을 듣고 병사들이 다시 달려왔다. 하지만 이미 불을 끈다고 힘이 빠진 터라 제대로 대응도 하지 못했다. 무사들은 천년보살을 말에 태워 뒤도 돌아보지 않고 빠져나갔다.

⟨왕실 근정전⟩

"병조판서 대감, 침입자가 무당을 데려갔다는 게 사실이오?"

왕은 옥좌 등받이에서 몸을 떼며 물었다.
"네, 전하. 밀고자가 있으니 다시 잡아들이면 될 것 같사옵니다. 너무 심려 마시옵소서."
하얀 천으로 감긴 병조판서의 오른팔이 조금은 부자연스러웠다.
"그 밀고자가 누구요?" 왕은 얼굴을 내밀어 물었다.
"그건 아직 말씀드릴 수가 없습니다. 황송하옵니다, 전하."
병조판서는 주변을 살피며 고개를 조아렸다.
"아, 함부로 발설하면 안 되겠군요."
왕은 주위 신하들을 둘러보았다.
"어쨌든 밀고자가 있어 다행이오. 으흠."
왕은 약간 자존심이 상한 듯한 헛기침을 했다.
"그런데 전하, 우리 쪽에도 첩자가 잠입해 있습니다."
병조판서가 고개를 조아린 채 말했다.
"뭐라? 첩자!! 그게 누구란 말이오?"
왕은 이번엔 입을 벌린 채 몸을 뒤로 기댔다.
"그건 아직 잘 모릅니다. 무당을 비밀리에 잡아 왔는데 어찌 알고 침입해서는 다시 데려갔습니다. 누군가 알려 준 게 틀림없습니다."
병조판서는 고개를 살짝 들어 눈을 가늘게 뜨며 주위를 훑었다.
"어허! 이 모두가 못난 내 탓이오. 너도나도 역모하려니 참!"
왕은 옥좌 팔걸이를 살짝 내리쳤다.
"너무 자책하지 마십시오. 밀고자를 잘 구슬려서 심어 두면 별일 없을 것입니다. 전하."
병조판서는 다시 고개를 조아렸다.
'왕이 저리 나약하고 무능하니 역모할 수밖에…'
병조판서는 조아린 고개 아래로 비릿한 웃음을 숨겼다.

### 〈율도산 홍길동의 거처〉

율도산 꼭대기 깊은 산속. 나무에 낡은 샌드백이 빛바랜 표정을 지으며 약간 건들거렸다.

방에는 홍길동, 홍길순 형제, 홍길동의 제자 윤천, 박차현, 최강추, 영의정의 수하 최한이 있었다. 홍길동은 육지 대한민국으로 밀사를 보내 선진 문물을 익히고 무기 밀매업자와 접촉을 꾸준히 해 왔다.

홍길동은 얼굴이 잔뜩 굳은 채 물었다.

"천년보살님은 괜찮다 하더냐?"

"네, 스승님. 조금만 늦었으면 큰일 날 뻔했습니다. 보살님이 들켰으니 보살님 거처를 여기 율도산 산속으로 옮겼습니다. 산 중턱 쪽에 있습니다."

제자 윤천이 말했다.

"그나저나 우리 쪽에 밀고자가 있는 게 분명하다."

홍길동의 가는 눈에 힘이 들어가니 눈빛이 더욱 날카로웠다.

"네. 그나마 다행히 여기에는 없고 흩어져 있는 조직 속에 있는 것 같습니다. 만약 여기에 있었다면 보살님 집을 습격하지 않고 바로 여기로 왔겠지요."

박차현도 거들었다.

"아마 천년보살이 있는 조직 속에 있겠지. 우리도 첩자를 찾아야 하고 저쪽도 첩자를 찾고 있겠군."

"큰일을 빨리 서둘러야 하겠습니다."

박차현은 고개를 숙이며 말했다.

"아직 육지 대한민국에서 신식무기를 들여올 때까지 기다려라."

홍길동은 계획에 차질이 생길까 봐 노심초사였다.

⟨병조판서의 집⟩

사랑채에는 병조판서와 검은 수건으로 얼굴을 가린 밀고자가 반상을 두고 마주 앉았다.
"직접적으로 묻겠다. 그쪽을 배신하고 우리한테 밀고하려는 의도가 무엇이냐?"
"그럼 저도 직접적으로 답해 드리겠습니다. 명예와 권력이지요."
밀고자는 고개를 숙인 채 대답했다.
"명예와 권력?"
병조판서는 이 말이 익숙했다. 머지않아 자신이 쟁취해야 할 것들이었다.
"제 스승님을 천거하시고 신변을 보장해 주시면 됩니다."
"스승?"
병조판서는 고개를 왼쪽으로 약간 돌려 의아한 눈빛을 했다. 밀고자는 자초지종을 설명했다. 이야기를 듣던 병조판서가 고개를 끄덕였다.
"음… 스승이 야심이 크구나. 주동자만 잡는다면 그리하겠다고 전하거라. 그리고 내 책사로 쓰겠다고 하거라. 우린 진짜 주동자를 찾고 싶으니 그 무당보단 주동자를 알아냈을 때 그때 알려 주면 된다."
"네."

⟨율도산 천년보살의 거처⟩

천년보살은 골똘히 생각에 잠겼다.
누가 밀고를 했단 말인가?

주변 인물을 하나씩 떠올려 보았다. 병조판서가 역모의 수장인 홍길동을 언급하지 않은 걸 보면 홍길동 쪽 사람은 아닐 테고, 분명 자기 주변 사람이다.

그럼 연락책이?

연락책은 모두 다섯 명이다. 연락책들은 홍길동과 고위 관리자에게 중요한 일이 있을 때 연락을 담당했다. 그중에 요즘 경촌의 행동거지가 수상하긴 했다. 볼 때마다 눈이 마주치는 것을 꺼려 했다.

"내 지금 연락책들을 한 번에 다 봐야겠다."

"그럼 밀고자가 또 여길 밀고할 수도 있잖아요, 스승님."

애기선녀가 걱정스럽게 말했다.

"그래서 내가 직접 내려가서 밀고자를 찾을 것이다. 여기 이 장소는 절대 비밀이다. 넌 지금 내려가서 묘시에 석천 집에 다 모이도록 전갈을 넣어라!"

"네."

"대신 불러 모은 이유는 설명하지 말거라."

천년보살은 나갈 채비를 했다.

처음에 이 일을 시작할 때 배신할 상은 아무도 없었다. 하지만 한 번 죽을 뻔했으니 혹시나 자신이 사람을 잘못 봤을까 봐 확인은 필요했다.

묘시쯤 천년보살은 석천의 집으로 내려갔다. 석천의 집 헛간에 석천, 달평, 상풍, 구화, 경촌이 보살을 기다리고 있었다.

다섯 명은 왜 불렀는지 연유를 모른 채 서로 얼굴만 쳐다보았다. 천년보살은 배신할 기운을 찾으려고 눈을 마주쳐 가며 그들의 얼굴을 보았다. 석천, 달평, 상풍, 구화… 자기 차례가 올수록 경촌은 다리가 부들거리고 입이 바짝바짝 말라 갔다. 고개를 숙인 채 눈꼬리만 힐끗 들어 천년보살을 올려다보았다. 그런 행동을 보살은 파악하고 경촌을 좀 더 자세히 보았다. 또 눈이 마주쳤다.

"아이고! 보살님, 죽을죄를 지었습니다요!"

경촌은 다리에 힘이 빠져 털썩 주저앉고 말았다.

"죽을죄라니?" 보살은 드디어 놈을 잡았다고 생각했다.

"그만 마누라와 애새끼들이 배가 고파 훔쳤습니다."

경촌은 꿇어앉아 몸을 바르게 하고 고개를 숙였다.

"뭘 훔쳤단 말이냐?"

보살은 의외의 대답에 눈빛이 실망으로 바뀌었다.

"창고에 쌀 말입니다요!" 경촌은 울부짖는 듯했다.

역시 배신할 관상을 찾지 못해 보살은 발걸음을 옮길 수밖에 없었다.

그럼 도대체 누구란 말인가?

가장 가까운 애기선녀? 무화선녀?

제자로 올 때부터 둘 다 유심히 봐 왔다. 애기선녀와 무화선녀 모두 사주와 영적인 눈으로 관상을 봤지만 배신할 상은 아니었다. 단지 무화선녀는 사주를 봤을 때 처음에 알 수 없는 기운이어서 애매모호하긴 했다. 원래 갓 신내림받은 무당은 기운 자체가 남달라 그러려니 했다. 애기선녀가 무화선녀보다 조금 더 뛰어나 무화선녀는 질투심도 있는 듯했다.

## 3. 첩자, 3일 - 제2일

**〈병조판서의 집〉**

다시 주동자들이 긴급히 모였다.
"우리 중에 첩자가 있소!" 병조판서는 탁자를 탁! 내리쳤다.
다들 첩자란 말에 서로 쳐다보며 헛기침을 하였다.
"어제 무당 얘기를 여러분 앞에서 처음 꺼내고 잡아 왔는데, 놈들이 어찌 알고 침입을 했소."
병조판서는 한 명씩 노려보듯 눈을 마주쳤다. 주동자들은 서로를 매서운 눈초리로 둘러봤다.
"근데 이상하지 않습니까? 우리 중에 있다면 우리 역모를 왜 전하께 알리지 않았을까요? 알렸으면 벌써 우리도 잡혀 갔어야지요."
금위영 대장이 병조판서를 보며 말했다. 다른 이들도 서로를 보며 고개를 끄덕였다.
"으흠, 그렇긴 하다만… 다른 분들은 뭐 짚이는 거 없소?"
병조판서가 차를 마시며 물었다.
"전하가 보고를 받고서도 모른 체할 수도 있지요."
어영청 대장도 차에 입을 대며 침착하게 대답했다.
"알면서도 모른 체를 한다는 말이오?"
병조판서는 찻잔을 급히 내려놓았다.
"병조판서 나으리가 무서워 자기편을 들어 줄 신하가 없으면 그럴 수 있지요."
어영청 대장도 찻잔을 내려놓으며 말했다.
"왕이 나약해서 충분히 그럴 수도 있겠네요."

금위영 대장도 같은 생각이었다.

"우리 중에 첩자가 있다면 그놈은 참 어리석군. 저렇게 나약한 왕을 보호해서 뭘 얻을 게 있겠소. 그냥 우리 일에 가담해서 나라를 새로 일으키는 게 훨씬 나을 텐데 말이오. 어흠!"

병조판서는 이해가 가지 않는다는 듯 살짝 고개를 흔들었다.

"아마 우리가 아닌 외부인 짓일 가능성이 높습니다. 우리 중에 모르고 외부인과 얘기하다 슬쩍 흘린 것 같습니다. 혹시 여러분 중에 그때 헤어지고 다른 사람에게 역모자가 무당이라고 얘기한 적 있습니까?"

금위영 대장이 한번 쭈욱 둘러보며 물었다. 다들 서로를 쳐다보며 자긴 아니라는 듯 고개를 저었다. 병조판서도 쭈욱 둘러보자 모두가 잠시 침묵에 잠겼다.

침묵을 깨고 병조판서 맞은편에 앉은 금위영 대장이 입을 열었다.

"권총도 있으니 이참에 우리가 먼저 일을 도모하는 게 낫지 않을까요? 판서 나으리."

금위영 대장이 병조판서 눈치를 살폈다.

"권총이 몇 자루밖에 안 돼서 시간이 좀 더 필요하오. 최승업, 곽정토 장군이 곧 도착할 것이니 기다려 봅시다. 그보다 상대방 역모자들을 먼저 제거해서 안심시킨 다음 일을 도모하는 게 나을 것이오. 우리가 다른 역모를 막는다면 왕의 신임을 얻을 수 있어 도모하기가 더 수월하지요. 곧 밀고자의 연락이 있을 것이니 조금만 기다려 봅시다."

### 〈홍길동의 거처〉

제자 최강추가 걱정스러운 얼굴로 홍길동을 보며 입을 열었다.

"병조판서가 먼저 역모하기 전에 우리가 빨리 기회를 잡아야 합니다. 바다에 훈련 나간 수군 최승업, 곽정토 장군이 내일 돌아올 텐데 합세하면 큰일입니다. 그렇게 되면 저들은 우리보다 군사 수가 더 많습니다."

다른 이들도 홍길동을 보며 고개를 끄덕였다.

"그건 따로 조력자가 있으니 걱정 마시오."

홍길동은 말하면서 동생 홍길순과 영의정 수하 최한을 쳐다보았다. 세 사람은 조력자를 아는 듯 평온한 얼굴로 서로를 쳐다봤다.

"병조판서, 금위영과 어영청 대장 이 자들만 없애면 우리가 유리하지요. 수어청, 훈련도감, 총융청 대장들은 모두 왕과 친분이 깊으니 역모에 가담할 가능성이 낮지요. 적들 숫자가 많다 해도 우리에겐 곧 신식무기가 있잖습니까?"

홍길순이 말했다.

"그래서 확실히 하기 위해 우리 쪽 첩자와 계속 접촉을 하고 있습니다."

최한의 굵은 목소리에 모두들 안심이 되는 눈치였다. 최한은 말을 이었다.

"근데 첩자의 연락책에 따르면 기기창에서 며칠 째 밤새 작업을 하고 있답니다. 쇠 부딪치는 소리와 붉은 불빛이 새어 나왔다고 합니다."

"저들도 겉으로는 선진문물을 반대해 놓고 뒤로는 신식무기를 만들 수도 있겠군." 홍길동도 마음이 다급해졌다.

"저들이 우리보다 먼저 역모를 하면 어쩌지요?"

제자 최강추가 끼어들었다.

"그렇게 하기는 힘들 것이다. 아직 최승업, 곽정토 군사가 없는 한 수적 열세에 있지. 무기가 뭔지 모르지만 기기창에서 자기들끼리 만들면 얼마 만들지도 못할 것이야. 설령 역모에 성공했다 해도 우리 때문에 불안할 것이야."

홍길동은 차를 마시며 옅은 한숨을 쉬었다.

### 4. 첩자, 3일 – 제3일

새벽 축시경 천년보살은 주위를 살피며 율도신 정상으로 올라갔다. 홍길동을 만나러 가는 길이었다. 그 뒤로 밀고자가 몰래 따라가고 있었다.

홍길동의 거처는 율도산 정상에서도 외진 곳이라 길이 험했다. 게다가 산속이라 그런지 진득찰, 도깨비바늘 같은 끈끈이 풀이 옷이나 머리에 달라붙어 귀찮았다. 하지만 큰일을 하는데 이 정도쯤이야 아무것도 아닌 일이었다.

밀고자는 온몸을 검은 천으로 두르고 멀찌감치 떨어져 따라갔다. 다행히 그믐달인지라 소리만 내지 않는다면 들킬 염려는 적었다. 밀고자는 '드디어 주동자를 볼 수 있겠구나!' 하며 가슴을 졸이며 한 발자국씩 따라갔다. 천년보살은 가끔씩 뒤를 돌아보았지만 보이는 건 시커먼 나무들과 바위뿐이었다.

드디어 산 정상 골짜기에 다다랐다.

"뉘시오?" 어둠 속 나무 뒤에서 쉰 목소리만 들렸다.

"천년보살입니다."

이미 만나기로 약속이 되어 있는 터라 홍길순이 나와 있었다.

"여기서부터 발밑을 조심하시오."

보살은 밑을 살피며 능숙하게 발을 높이 들었다. 홍길순은 보살 어깨너머 뒤로 동태를 살폈다.

골짜기 밑에서 밀고자는 바위 뒤에 숨어 두 사람의 말에 귀를 기울였다. 거리가 좀 있는지라 정확히 무슨 말인지는 알 수 없으나 여기가 주동자의 소굴이라는 것을 확신했다.

홍길순은 보살을 모시고 홍길동의 거처로 들어갔다. 방에는 홍길동과 여러 제자들이 있었다.

"보살님, 험한 일은 당하지 않으셨는지요?"

홍길동은 천년보살의 얼굴을 보며 상처가 없는지 살폈다.

"고문 직전에 도움을 받아서 이렇게 무사합니다."

천년보살은 살짝 고개를 숙여 감사를 표했다.

"밀고자는 아직 찾질 못했습니까?" 홍길순이 물었다.

"네. 분명 우리 쪽에 있을 법한데 이상하군요."

천년보살이 고개를 저으며 말했다.

밀고자는 멀리서도 인기척 소리가 들리지 않자 한 발자국씩 발걸음을 떼며 산 정상 골짜기를 향해 올라갔다. 산 정상에 왔을 때 희미하게 불빛이 보였다. 주변엔 아무도 없었다. 분명 방 안에서 역모를 꾸미고 있을 터이니 밀고자는 좀 더 다가가 보기로 하고 발걸음을 움직였다. 그때였다.

찌르릉!

미리 나무 사이마다 걸어 놓은 방울 달린 줄에 발이 걸리고 말았다.

탁!

홍길순이 방문을 홱 열어젖히자 쇠로 된 둥근 문고리가 벽에 부딪혀 소리가 크게 났다.

"웬 놈이냐?"

홍길순이 자라 고개 내밀듯이 얼굴을 내밀어 둘러보았다. 밀고자는 심장이 떨어질세라 뒤를 돌아 뛰기 시작했다.

"게 섯거라!"

윤천이 크게 외치며 소리 나는 방향으로 뛰쳐나갔다. 그 뒤로 박차현도 급히 뒤쫓았다.

"형님은 문을 닫고 여기 계십시오. 적들에게 신분이 노출되면 안 됩니다." 홍길순은 문을 닫고 집주변을 경계했다.

밀고자는 초행길이었지만 마치 훤히 아는 길처럼 성큼성큼 뛰어 내려갔다. 아니, 어쩔 수 없는 선택이었다. 뒤를 쫓는 제자들은 길이 익숙한지라 어둠 속에서도 밀고자의 방향을 잘 알고 뒤쫓았다. 점점 다가오는 발자국 소리가 짙어졌다. 밀고자의 등에는 이미 식은땀이 흐르고 있었고, 검은 천을 둘러쓴 얼굴에도 땀방울이 흘러내렸다.

이대로 가다간 보나 마나 잡히겠구나!

상황을 파악한 밀고자는 원래 자신의 거처는 포기하고 병조판서 집으로 바로 가기로 마음먹었다. 병조판서 집이 더 가까웠다. 밀고자는 뛰어 내려가다 오른쪽에 큰 나무 뒤 바위가 있는 곳에 몸을 숙였다. 그리고 발밑에 짱돌을 집어 저 멀리 내리막길 숲으로 던졌다.

츠륵! 츠륵! 츠륵!

풀숲을 헤치며 굴러가는 소리가 났다. 두 제자는 그 소리를 밀고자의 발자국 소리로 듣고 발걸음 폭을 더욱 넓혀서 내려갔다.

자신을 지나친 것을 본 밀고자는 그제야 숨을 천천히 들이쉬고 땀을 닦았다. 병조판서 집은 왼쪽 방향이었다. 처음 가는 길이지만 저 밑에 마을 불빛을 한번 쳐다보고는 왼쪽 숲속 길로 내달렸다.

홍길동은 천년보살과 밀담을 나누다가 방문을 살며시 열었다. 여전히 홍길순과 남은 제자가 지키고 있었다.
"길순아, 밀고자가 맞다면 병조판서 집으로 갔을 수도 있다. 지금 내려가서 판서 집 동태를 살피거라!"
"네!"
홍길순은 칼을 차고 내리막길을 내달렸다. 병조판서 집에 갔다면 여기로 쳐들어올 수 있기 때문에 낭패다. 홍길순은 밀고자보다 두 배는 빠르게 내려갔다.
가는 도중 밑에 어둠 속에서 누군가 숨을 헐떡이며 올라오는 게 보였다. 홍길순은 칼을 꺼내려 했다.
"윤천, 박차현?" 홍길순은 익숙한 형체를 알아차렸다.
"홍길순 동지?" 두 제자였다.
"어찌 됐소?" 홍길순이 칼을 다시 집어넣었다.
"저희가 빠르게 내려갔지만 자취를 감추었습니다. 이 어둠에 길을 잘 모르는 자라면 중간에 숨어 있거나 다른 험한 곳으로 갔을 것입니다."
"안 그래도 병조판서 집으로 밀고하러 간 것 같소이다. 내가 확인하러 가 볼 테니 올라가서 방비를 하십시오."
홍길순은 왼쪽 숲속으로 내달렸다.

밀고자는 병조판서 집 입구에서 칼을 찬 문지기들에게 신분을 밝히고 마당으로 들어갔다. 병조판서는 이른 새벽에 밀고자가 온 것이라면 분명 큰 걸 물어왔겠구나 하고 확신했다. 밀고자는 역모자들이 있는 곳을 상세히 설명해 주었다.

"정말로 거기가 주동자 소굴이 맞느냐?"

병조판서는 마음속으로 쾌재를 불렀다.

"확실합니다. 들키는 바람에 주동자를 못 보았지만 천년보살이 들어갔으니 틀림없을 것입니다."

밀고자는 아직도 땀이 식지 않아 계속 소매를 훔치며 닦아 냈다.

"얼른 너도 네 거처에 들어가 보거라. 곧 무사들을 준비해서 보낼 터이니 들키더라도 안심하거라."

병조판서는 일어서며 의관을 갖추어 입었다.

한편 병조판시 집을 멀리서 지켜보던 홍길순은 대문이 열리자 눈을 크게 떴다. 누군가 급히 나오는 게 보였다. 온몸을 검은 천으로 둘렀지만 행동거지가 남정네는 아니었다. 거리를 두고 뒤를 밟았다. 밀고자가 향하는 곳은 천년보살의 거처 쪽이었다.

설마 천년보살의 제자가?

홍길순은 천년보살이 올 때까지 담벼락에 숨어서 기다리기로 했다.

천년보살도 홍길동과의 밀담을 일찍 마치고 산에서 내려왔다. 거처는 새벽이라 평온했다. 천년보살은 주위를 한번 본 다음 마당에 들어서려 했다.

"보살님, 길순이옵니다."

홍길순은 작은 목소리로 담벼락에서 나와 보살을 불러 세웠다.

"병조판서 집에 간 게 아니었소?"

천년보살은 당신이 왜 여기 있냐는 표정이었다.

"병조판서 집에서 나온 밀고자가 여기로 들어갔습니다."

홍길순이 또 주위를 둘러보고는 천년보살에게 살짝 말했다.

"뭣이? 애기선녀! 무화선녀! 빨리 나오너라!"

천년보살은 안으로 들어서며 방을 향해 소리쳤다.

애기선녀와 무화선녀는 방이 따로 있었다. 먼저 뒷마당에서 애기선녀가 나왔다. 천년보살과 홍길순이 있는 걸 보고 눈이 휘둥그레졌다.

"네가 방에서 안 나오고 왜 거기서 나오느냐?"

천년보살은 째려보며 애기선녀 몰골을 훑었다.

"방금 뒷간 갔다 오는 길입니다, 보살님."

애기선녀는 영문을 몰라 바짝 쫄아 있었다.

"무화선녀는 어디 있느냐?"

천년보살은 무화선녀 방문을 보며 외쳤다. 방문 앞에 무화선녀의 신발은 가지런히 그대로 있었다. 그제야 무화선녀는 방문을 열고 잠이 덜 깬 채로 밖을 보았다. 무화선녀는 옷도 제대로 걸치지 않았다.

"어머! 무슨 일이세요?"

"너도 이리 나와 보거라!"

무화선녀는 홍길순을 보더니 얼른 문을 닫고 잠시 뒤 밖으로 나왔다. 나와서도 고개를 숙이고 옷매무새를 다잡았다.

"둘 중 누굽니까?"

천년보살은 홍길순 보고 빨리 찾아내라는 말투였다. 홍길순은 둘을 몇 번이나 보았지만 긴가민가했다.

"글쎄요, 온몸을 검게 가렸던 터이라…"

홍길순은 눈알을 이리저리 굴리며 둘을 번갈아 쳐다봤다. 둘은 몸집도 비슷했다. 천년보살은 증좌를 찾으려고 둘의 아래위를 마치 참빗으로 훑어 내듯이 쳐다보았다.

먼저 애기선녀 머리가 눈에 띄었다.

"네 머리에 거미줄은 무엇이냐? 뒷간이 아니고 산에 갔다 온 게 아니더냐?"

천년보살은 또 한 번 째려보았다. 애기선녀는 눈을 동그랗게 뜨며 손으로 머리를 훑었다. 거미줄이 손에 잡혔다.

"어머! 보살님. 정말 뒷간 갔다 왔습니다. 뒷간에 거미줄이 있었나 봅니다."

애기선녀는 손에 붙은 거미줄을 거칠게 떼어 냈다. 홍길순도 애기선녀를 아래위로 자세히 훑어보았다. 천년보살은 애기선녀 손에 붙은 거미줄을 한참 째려보고는 무화선녀 쪽으로 고개를 돌렸다.

천년보살은 무화선녀를 꼼꼼히 보았다.

"으음!! 네 이년! 네가 밀고자구나! 몹쓸 년!"

천년보살은 눈알이 튀어나올 것만 같았다.

"네? 밀고자라뇨? 전 계속 방에서 자고 있었습니다. 억울합니다!"

무화선녀는 고개를 흔들어 젖혔다. 홍길순과 애기선녀도 무화선녀 얼굴과 몰골을 뚫어지듯 바라보았다.

"네 머리 뒤쪽에 붙은 풀이 그 증좌이니라! 그건 여기서 붙을 수 있는 풀이 아니니라. 깊은 산속에서만 붙을 수 있는 풀이란 말이다!"

천년보살은 또 침을 튀기며 호통쳤다.

쌔앵!

홍길순이 칼을 뽑았다. 그리고 칼끝으로 무화선녀 뒷머리에 붙어 있던 도깨비풀을 떼어 냈다.

"맞습니다. 보살님! 죽일 년!"

홍길순은 칼을 무화선녀 목에 갖다 댔다. 그믐달에 비친 달빛이지만 칼끝은 빛났고, 그 빛마저 날카로웠다.

그때였다.
어디선가 휙, 슉! 화살이 날아와 홍길순 가슴에 꽂혔다.
"윽!"
짧은 비명에 홍길순은 화살을 한 손으로 잡고 쓰러졌다. 화살을 쏜 이들은 병조판서가 보낸 무사들이었다.
"저놈들을 모두 끌고 가라!" 무사 대장이 소리쳤다.
"네!"

**〈왕실 근정전〉**

병조판서는 날이 밝지 않았는데도 빠른 발걸음으로 전하를 찾아갔다.
"전하! 천년보살을 다시 잡아들였습니다. 그리고 주동자 소굴을 알아냈습니다." 병조판서 표정은 의기양양했다.
"그게 정말이오?" 왕은 뜻밖이라는 얼굴로 고개를 내밀었다.
"율도산 정상 쪽이랍니다. 날이 밝는 대로 군사를 모아 잡으러 갈 것입니다."
"그래서 훈련 나간 최승업, 곽정토 장군을 부른 것이오?"
왕은 다 알고 있다는 말투였다.
"아, 맞습니다."
병조판서는 움찔했지만 다시 평온을 찾으며 말을 이었다.
"역모자들 수가 얼마인지 모르니 이참에 확실히 하고자 제가 급히 요청했습니다. 그래서 전하께 아뢰려고 지금 급히 온 것입니다."
병조판서는 둘러대며 왕을 똑바로 쳐다보지 못했다.
"으흠…."

왕은 내심 불쾌했다. 또 자기가 무시당하는 것 같았다.

**〈홍길동의 거처〉**

"길순이가 왜 이리 늦지?"
홍길동은 뭔가 잘못됐음을 짐작했다. 윤천도 이상함을 느꼈다.
"아까 산에서 우리와 마주치고 꽤나 시간이 지났는데 좀 이상합니다."
"뭔가 잘못된 게 틀림없다!"
홍길동은 오른손 주먹을 쥐고 바닥을 눌렀다.
그때, 똑똑! 문고리 두드리는 소리가 들렸다.
"길순이냐?" 홍길동이 밖을 향해 물었다.
"홍길동 어르신!" 첩자의 연락책이었다.
제자 최강추가 문을 열어 주었다.
"보살님과 홍길순이 잡혔다 하옵니다."
연락책은 한걸음에 정상까지 오느라 지쳐서 말도 제대로 못 할 뻔했다.
"뭐라? 우려했던 일이 벌어졌군."
홍길동의 눈빛이 흔들렸다.
"그래서 병조판서가 여길 먼저 치기 전에 우리가 먼저 역모하라는 명령이셨습니다. 시간이 없다 하셨습니다."
연락책은 땀을 뻘뻘 흘리며 여전히 거친 숨을 내쉬었다. 연락책은 첩자의 계략을 몇 분 동안 상세히 설명했다.
"좋다! 다섯 명 연락책들에게 거기 가서 무기를 받아 오라 하시오. 우리도 사람들을 다 모아서 바로 궁궐로 향할 것이오."

홍길동은 마지막 각오를 했다. 다른 이들도 모두 결의를 다졌다.

한편 율도국 바닷가에서는 밀항과 밀무역을 막기 위해 보초들이 힘이 들어간 눈으로 먼 바다만 응시했다.
"바다는 이상 없느냐?"
경비 책임자가 순찰을 돌며 절벽에 망루 보초에게 물었다.
"네, 나으리. 아무리 그믐이지만 몰래 들어오는 배라면 무조건 눈에 띄었을 겁니다. 근데 방금 하늘에 대가리가 큰 잠자리가 궁궐 쪽으로 가던데 응급 환자가 생겼나 봅니다."
보초는 경비 책임자를 잠시 아래를 보며 말했다가 다시 바다를 응시했다.
"나도 궁금해서 사람을 보내 알아보라고 했다. 그보다 조만간 최승업, 곽정토 장군을 태운 큰 배 한 척이 들어올 것이다. 오면 바로 알려야 되는 걸 명심하거라."
"네."
보초는 초점을 바다 쪽으로 멀리하며 결의에 찬 목소리로 대답했다.

최승업, 곽정토 장군은 쉬지 않고 부하들을 다그치며 노를 젓게 했다. 날이 어두웠지만 훤히 아는 바닷길이라 문제없었다. 옅은 안개 너머로 저 멀리 뭔가 보였다. 율도국에 들어오는 상선이라 생각하는 순간 이상한 깃발과 시커먼 배가 먼저 보였다.
우리 편 배도 아니고 그렇다고 다른 나라 배도 아닌 처음 보는 배였다. 안개를 가르고 드러난 깃발을 보고 장군들은 눈동자가 커졌다. 허옇게 해골바가지가 그려져 있었고 그 아래에 뼈다귀가 X 자로 그려진 깃발이었다.

해적선?

아무리 그렇지만 자신의 배가 해적이라고 저렇게 노골적으로 표시하는 건 이상했다. 배 크기도 장군이 타고 있는 배의 절반밖에 되지 않았다.

"해적 주제에 겁도 없이 우리 앞길을 막다니. 우리가 무슨 상선인 줄 아나, 웃긴 놈들!" 곽정토 장군이 코웃음을 쳤다.

"활과 대포를 준비하라!"

최승엽 장군은 칼을 뽑아들고 명령했다. 한시가 급한지라 박살 내고 육지로 가기 위함이었다. 해적선까지 아직 사정거리가 도달하지 못해서 더 가까이 가기로 했다. 그러나 적들의 배에서 먼저 화살이 날아왔다. 그것도 불화살이었다.

"저, 저럴 수가!"

최승엽 장군의 두 눈동자에 불화살이 비쳤다. 이때까지 저렇게 멀리서 거침없이 날아오는 화살은 처음이었다.

"해적들이 저렇게 사정거리가 긴 화살을 어디서 구했단 말입니까?"

최승엽 장군 옆에서 곽정토 장군은 눈 깜빡거릴 새도 없이 날아오는 불화살만 쳐다봤다.

화살이 불을 뿜으며 날아와서는 허연 돛대를 찢거나 그대로 꽂혔다. 배 바닥에도 뚝뚝 꽂혔다. 수군 병사들은 불 끄기에 바빴다.

"우리도 활과 대포를 발사하라!"

최승엽 장군은 안 되는 걸 알면서도 다급한 마음에 명령을 내렸다.

쾅!

이미 늦었다. 적들의 대포가 먼저였다. 역시 사정거리가 장난이 아니었다. 대포 한 방에 배는 거의 두 조각 케이크처럼 쉽게 잘려 나갔다.

저 멀리 붉은 불기둥을 본 해안가 보초병들은 턱이 파르르 떨려 뒷걸음질할 뻔했다. 아까 전에 바닷가를 지켜보던 보초가 경비 책임자에게로 뛰어갔다.

"공격, 공격입니다! 장군님들의 배가 공격받고 있습니다!"

## 〈의금부〉

금부도사와 병조판서는 이번엔 외진 마당이 아닌 창고 안에서 문을 닫고 천년보살을 문초할 작정이었다. 옆에는 무화선녀가 서 있었다. 홍길순은 죽어 가는 숨소리로 누워 있었고 애기선녀도 꿇어앉아 있었다.

"주동자를 밝혀라! 두 번이나 잡히고도 무사할 줄 알았더냐?"

병조판서는 이미 손에 붉게 달궈진 인두를 꽉 쥔 채 천년보살을 노려보았다. 병조판서는 이번에는 아무한테도 말하지 않았으니 안심하고 문초할 작정이었다.

"그냥 날 죽여라!"

천년보살은 진짜 마지막이라고 아는 듯 더 당당하게 고개를 쳐들었다. 그리고는 옆에 무화선녀를 인두보다 더 뜨거운 눈으로 노려보며 말을 이었다.

"분명히 널 처음 보았을 때 배신할 상은 아니었는데, 내가 잘못 보았구나! 이제 나도 신기가 다한 모양이구나!"

모든 걸 포기한 듯한 목소리였다.

"아니요, 보살님이 신기가 뛰어나 우리가 장난 좀 쳤지요."

무화선녀는 눈을 내리깔고 천년보살 몰골을 훑었다. 그때 창고 문이 열리며 한 무당이 들어왔다.

"넌… 동화보살?"

천년보살은 뜻밖의 인물에 온몸이 달아올랐다. 동화보살은 여유로운 미소로 천년보살을 쳐다보며 입을 열었다.

"그래. 너도 알다시피 난 조선 최고의 무당이 되는 게 꿈이었지. 근데 너 때문에 항상 난 두 번째였어. 우리 스승한테도 난 버림받았지."

"그건 네가 욕심을 부렸기 때문이잖아!"

동화보살을 보자 천년보살은 맺힌 게 많은 듯 창고가 울릴세라 외쳤다.

"시끄러! 그냥 너만 없애면 될 줄 알았는데 생각해 보니 그게 아니더군. 너보다 뛰어난 그 뭔가를 배우고 싶었어. 정확히 말하면 무화를 시켜 너의 그 능력을 훔치는 거였지. 그럼 다른 무당한테도 이길 수 있잖아."

동화보살은 무화선녀를 슬쩍 쳐다보며 입꼬리를 올렸다.

"그래서 무화 저년한테 굿을 해서 나한테 보낸 거였군."

"그걸 좀 빨리 알았어야지. 굿을 해서 무화의 기를 숨겼으니 넌 무화 정체가 헷갈렸겠지."

"굿을 좋지 않은 곳에 썼으니 넌 천벌을 받을 것이야! 그래서 역모하면 저놈이 한자리 준다더냐?"

천년보살 목에 힘줄이 불거지며 병조판서를 노려보았다.

"원래 난 권력에 관심 없었지. 단지 네 능력을 훔치려고 무화를 보냈는데 우연히 네가 역모에 가담했다더군. 더 잘됐다 생각했지. 의심 안 받고 처리할 수 있으니 말이야. 그리고 새로운 왕 옆에서 책사 노릇하면서 명예와 권력을 함께 얻을 수 있으니 더 잘됐지."

동화보살은 이번엔 병조판서를 쳐다보며 슬쩍 웃었다.

"이젠 둘 다 사연을 알았으니 그때 못다 한 문초를 하겠다."

병조판서는 조금 식어 버린 인두를 다시 화로에 깊숙이 집어넣었다. 그때 다하지 못한 한을 품었는지 인두는 더 빨리 벌겋게 달아올랐다. 병조판서는 인두를 꺼내 천년보살 눈 가까이 가져갔다. 천년보살은 눈꺼풀이 뜨거워졌지만 눈 하나 깜짝하지 않았다. 오히려 증오의 눈빛이 더 뜨거웠다.

덜커덩! 그때 창고 문이 열렸다.
"판서 나으리! 전하께서 역모자 소탕에 앞서 중요한 얘기가 있다고 하십니다. 당장 모든 문무 신하들을 불러들이라는 어명이십니다." 병사가 급히 들어오더니 말했다.
"지금 말이냐? 젠장! 빌어먹을!"
병조판서 오른손에 쥔 인두는 여전히 붉게 이글거렸다.
"예. 급한 일이라 지금 가셔야 합니다. 다른 신하들도 지금 오고 있다고 합니다."
"네년 명줄도 참 길구나."
병조판서는 뻘겋게 익은 인두를 안타깝게 바라만 봤다.
"어차피 조금 있다 율도산으로 가면 주동자는 밝혀지겠지."
병조판서는 인두를 화로에 내려놓으며 분한 마음을 삭였다.
"너희들은 여기서 잘 지키거라. 판서 나으리, 어서 가 보십시다."
금부도사가 먼저 창고문을 나섰다.

〈왕실 근정전〉

이미 금위영, 어영청 대장을 비롯한 주요 관직자들이 와 있었다. 병조판서는 금위영, 어영청 대장과 눈빛을 맞추고 같은 쪽 자리에 앉았다. 바로 가까운 맞은편에는 훈련도감, 총융청, 수어청의 무관이 줄지어 있었다. 서로 다 속마음을 안다는 듯 눈빛으로 견제했다.

잠시 후 율도산 역모자들을 잡아들인 다음 왕을 없애고 역모하면 된다. 최승업, 곽정토 장군 군사만 오면 모든 게 끝이다!

병조판서는 오직 이 생각뿐이었다.

다들 전하가 무슨 중요한 말이 있어 이른 아침부터 자신들을 불러 모았는지 신하들은 서로한테 물으며 웅성거렸다.

그때 밖에서 윙윙윙 하는 큰 바람 소리가 났다. 다들 귀는 문밖으로 향했다.

"아, 놀랄 깃 없소. 궁녀 하나가 많이 아프다고 해서 잠자리를 불렀소. 바로 싣고 나갈 거요."

왕이 아무렇지도 않은 듯 궁금증을 풀어 주었다. 궁궐 밖에서 나는 소리였지만 조용한 새벽에 나는 소리가 다들 놀랄 만했다. 왕은 수염을 한번 크게 쓸어내리고는 다시 천천히 입을 열었다.

"오늘 새벽, 역모자들이 율도산에 숨어 있다는 급한 전갈을 받았소. 그래서 곧 군사를 보낼 것이오. 이 사실을 모든 신하들에게 알리고자 이렇게 모이라 한 것이오. 어흠."

왕은 약간 떨리는 목소리로 전달했다.

역모자라는 말을 처음 들었던 문관 위주의 신하들은 몸이 경직됐으나, 이미 역모를 알고 있던 신하들은 별 놀라운 반응이 아니었다. 특히, 병조판서 세력들은 굳이 이것 때문에 모일 필요가 있었냐는 반응이었다.

역시 앞뒤 구분 못 하는 왕이로구나! 급한 일 먼저 처리하고 나중에 알려도 될 것을…. 네 놈도 이제 죽을 준비나 해 둬라. 내가 왕이 되면 너처럼 유약한 왕 노릇은 하지 않을 것이니라!

병조판서는 고개를 숙인 채 머릿속에 앞으로의 계획만을 떠올렸다. 그때 병조판서 옆으로 같은 편 신하가 다가오더니 귓속말을 했다.
"최승업, 곽정토 장군이 해적에게 당했다고 합니다."
"뭐라!"
옆에 금위영, 어영청 대장도 얼핏 듣고는 고개를 병조판서 쪽으로 돌렸다.
쉬이잉! 쉬이잉! 쉬이잉!
갑자기 세 개의 칼을 빼어 드는 소리가 근정전 넓은 공간을 갈랐다. 훈련도감, 총융청, 수어청 대장이 칼을 빼어 들고 병조판서, 금위영, 어영청 대장의 얼굴 앞에 각각 칼을 겨누었다.
쉬이잉!
또 하나의 칼이 살벌한 분위기를 갈랐다. 전하 옆의 호위무사도 칼을 빼어 들고는 왕의 목에 칼을 겨누었다.
"이, 이 무슨 짓들이냐?"
왕은 칼끝에 닿은 목을 바짝 들고는 그들을 노려보았다. 손을 떨면서 목소린 흔들렸다.
"대체 전하 앞에서 이 무슨 짓들이냐? 당신들도 역모자와 한패구나!"
병조판서는 휘몰아치는 심장박동 소리를 감추고 칼을 빼 든 신하들을 보며 호통을 쳤다.
"우리가 할 소리다! 병조판서께서 역모를 꾸미는 것을 모를 줄 아시오? 그래서 우리가 먼저 선수 치는 것이오."
훈련도감 대장은 병조판서 얼굴 앞에 겨눈 칼을 더욱 내밀었다. 하지만 병조판서와 금위영, 어영청 대장은 서로 눈빛을 교환했다.
병조판서가 먼저 폭넓은 소매에서 권총을 꺼내 훈련도감을 겨눴다. 금위영, 어영청 대장도 권총을 꺼냈다. 나머지 뒤쪽의 주동자들

몇 명도 권총을 꺼냈다.

"이게 그 칼보다 빠르고 더 많이 아플걸!"

기기창 대장은 칼끝을 무시하고 맞은편 대장들을 향해 총구를 겨눴다. 훈련도감, 총융청, 수어청 대장은 이 신식무기를 아는 듯 칼끝이 떨렸다.

"정말 야비하구나, 병조판서야! 자신이 선진 문물을 반대하면서 신식무기를 가지고 있다니, 이보다 웃긴 일이 어디 있단 말이냐? 하하하!"

호위무사는 권총의 위력을 모르는지, 알면서도 배짱으로 그러는지 병조판서를 향해 비웃고 말았다. 순간 칼끝이 떨리며 임금 목을 약간 스쳤다. 임금님은 아파할 겨를도 없이 목에 깁스한 것처럼 뻣뻣했다.

호위무사는 얼마나 입을 크게 벌려 웃었는지 벌어진 앞니와 변색된 치아들이 보였다. 육지 대한민국에 가서 라미네이트 치료가 필요한 치아였다.

병조판서는 총구를 호위무사 쪽으로 돌렸다. 저놈의 심장을 조준하는 대신 비웃는 이빨을 당장 쏴 버리고 싶었다. 오른손 엄지로 공이를 당겼다. 비웃음을 총알로 모조리 짓이기고 부셔버릴 기세로 방아쇠를 집게손가락에 단단히 걸었다.

따다다다다!!

옆문에서 창호지 구멍이 숭숭 수십 개가 뚫리며 대각선 위로 날아들어 천장에 박혔다. 도토리 탄환은 천장에 단단히 박히며 나무와 흙 찌꺼기가 신하들 머리와 바닥에 뚜두둑 떨어졌다. 다들 전쟁이 난 줄 알고 바닥에 머리를 처박고 엎드렸다. 권총을 가진 자들도 마찬가지였다.

스르륵! 옆문이 열렸다.

수십 명의 무리들이 기관총을 들이대며 들어왔다. 화약 연기를 잔뜩 뿜어내며 근정전 안을 메웠다.

"다음은 당신들 몸뚱어리가 벌집처럼 구멍이 숭숭 뚫릴 것이오!"

무리들이 기관총을 엎드린 신하들 쪽으로 겨누었다.

"너 넌, 홍길똥? 감히 네가!"

병조판서는 고개를 들어 곁눈으로 째려보았다. 칼에 베일까 봐 왕의 목은 더욱 뻣뻣해졌고, 입술은 떨렸다.

이미 밖에는 훈련도감, 총융청, 수어청 군사가 집결해 있었고, 천년보살과 애기선녀는 무사했다. 동화보살과 무화선녀는 이미 포박 상태로 꿇어앉아 있었다.

"신식무기가 이 정도는 돼야지. 이제 무사들 시대는 지나갔다고 봐야 할 것이오. 결국 당신들도 신식무기를 좋아하는구먼!"

홍길동이 병조판서와 권총을 번갈아 보며 놀리듯이 말했다.

홍길동이 큰 소리로 모두를 향해 소리쳤다.

"모두 잘 들으시오! 저 병조판서한테 나라를 넘기느니 우리가 나라를 이끌 것이오. 이 유약한 왕과 저 악랄한 병조판서가 있는 한 이 나라는 무사하지 못하오. 전하를 당장 유배 보내고 저놈들은 당장 하옥시켜 목을 칠 것이다!"

"홍길똥! 네가 감히 역모를 할 수 있느냐?"

병조판서는 심장이 휘모리장단을 넘어 비바람이 내리쳤다. 심장이 왼쪽 가슴을 뚫고 터져 나올 것만 같았다. 선수를 뺏긴 게 억울했다.

"신하들도 잘 들으시오! 병조판서에 붙어먹은 신하들도 가만두지 않을 것이오. 이제 모두 새로 시작이오!!"

이렇게 역모는 끝났다. 홍길동의 쿠데타는 성공하여 혁명으로 바뀌었다.

홍길동은 해 뜰 때까지 어수선한 분위기를 대충 정리하고 근정전 앞마당으로 나왔다.
"길순이는 무사한지 모르겠군요."
홍길동이 육지를 향하며 옆에 영의정에게 물었다.
"무사합니다. 조금 전 육지에서 파란 연기 3개가 올라왔다고 합니다."
"정말 다행이군요." 홍길동의 근심 어린 얼굴이 확 펴졌다.
"천만다행히 날씨가 좋아서 바로 잠자리가 왔지, 날씨가 나빴으면 잠자리고 배고 아예 올 수도 없었을 겁니다."
영의정은 이게 항상 걱정이었다.
"그래서 육지 대한민국과 협의해서 율도국에 신식 의료원을 지을 겁니다."
"거 좋은 생각입니다. 예전처럼 아까운 생명이 죽어 나가야 되겠습니까?"
영의정과 홍길동은 육지를 보며 고개를 끄덕였다.

\* \* \*

"후보님, 조금 전 홍길동이 권력을 잡았다고 합니다."
비서실장이 무전기 같은 무선전화기를 받고는 거울을 향해 알려주었다.
"이제 서해도 왕국만 남았군. 우리처럼 빨리 육지 대한민국과 손을 잡았더라면 민주주의가 좀 더 일찍 왔을 텐데."

왕국의 섬 칼자국 임금 후보는 거울을 보며 넥타이를 맸다.
"외우라는 건 다 외우셨습니까?"
비서실장이 마치 담임선생님인 양 숙제 검사하는 표정으로 물었다. 칼자국은 넥타이를 매다 말고 안주머니에서 메모지를 꺼내 펼치며 확인했다.

버스 기본요금 120원
택시 기본요금 550원
육지 대한민국행 배 편도 2,200원
왕국라면 90원

"지지율도 압도적으로 높은데 이렇게까지 해야 되나?"
칼자국은 불만 섞인 목소리를 내며 눈은 메모지를 향했다.
"친근한 서민 이미지를 위해 왕이 되고 나서도 계속 이 정도는 외우고 계셔야 합니다. 육지 대한민국에서 이런 걸 제대로 몰랐다가 정치인들이 서민들한테 많이들 외면받았습니다."
"난 대중교통도 이용 안 하고 라면 사러 갈 일도 없는데 모를 수도 있는 거 아닌가?"
칼자국 눈은 여전히 메모지를 보며 입으로는 암기하듯 중얼거렸다.
"오늘 전통시장 방문에서 기자들이 망신 주려고 물어볼 수도 있습니다. 매번 육지 대한민국에서는 단골로 물어보는 기출문젭니다. 꼭 암기하셔야 합니다. 서민 이미지를 위한 입문 단계라고 보시면 됩니다."
칼자국은 메모지를 옆 주머니에 찔러 넣듯이 다시 집어넣었다. 그리고 넥타이를 다 매고 돌아서며 양복 겉옷을 걸쳤다.
"그놈의 이미지! 이러다가 나한테 연습장에 까맣게 채우는 빽빽이 숙제 내겠어."

칼자국은 넥타이를 고쳐 매고는 비서실장을 보며 씨익 웃었다.

"암기 못 하시면 그렇게라도 해야지요, 허허."

"학창시절 쓸데없는 빽빽이 한다고 볼펜 회사만 좋았지 뭐야, 참 나!"

칼자국은 돌아서 거울로 다시 옷매무새를 확인했다.

"그러게 말입니다. 육지 볼펜 회사 모○미를 우리가 키웠죠. 허허."

칼자국은 거울 속에 대각선으로 패인 얼굴 흉터가 거슬렸다. 주름 같아서 참 마음에 들지 않았다.

"아 참! 성형수술 할 병원 알아봤댔지?"

칼자국은 오른손으로 칼자국을 슬쩍 건드리며 물었다.

"네. 육지 대한민국에서 제일 유명하다고 합니다. 하나도 표시 안 나게 깔끔하게 없애 줄 겁니다. 그럼 부드러운 이미지 완성입니다."

비서실장은 흉터 없는 깔끔한 후보님 얼굴을 생각하니 자기 일인 양 뿌듯했다. 하지만 칼자국은 거울 속 흉터를 보며 몇 초간 생각에 잠겼다.

"아니, 방금 생각이 바뀌었어."

"네? 바뀌다니요? 수술 안 하실 겁니까?"

비서실장은 속으로 이 사람이 제정신인가 했다.

"하긴 하는데 깔끔할 필요 없어. 연하게 칼자국을 남겨 달라고 해야겠어. 비서실장이 강조하는 이미지를 좀 더 새롭게 해야겠어."

칼자국은 오른손 집게손가락으로 흉터를 따라 대각선으로 그어 봤다.

"무슨 말씀이신지…."

"오히려 이게 영광의 상처 같아서 완전히는 지우고 싶지 않거든. 연하게 남겨서 최민천 전 임금에 저항한 이미지를 각인시키는 거야. 부드러운 서민 이미지와 동시에 강렬히 저항한 열사의 이미지를 보여 주는 거지."

칼자국은 이번엔 오른쪽 입꼬리를 슬쩍 올려 봤다. 대각선으로 난 칼자국이 저항의 상징인 듯 위로 솟았다.

"오호! 후보님도 이제 정치에 적응하셨군요. 축하드립니다."

비서실장은 자기도 모르게 박수를 쳤다.

"혹시 날 가면 쓴 후보로 생각하지는 않겠지? 비양심적인 것 같기도 하고."

칼자국은 눈치 보듯 거울로 비서실장을 쳐다봤다.

"무슨 말씀을요. 정치인 모두가 이미지 메이킹을 합니다. 그게 전략입니다. 절대 양심에 어긋나는 게 아닙니다."

비서실장은 고개를 반경 120도로 흔들며 강하게 부정했다.

"그렇다면야 좋지. 조만간 홍길동 왕과 자리 한번 잡아 보게. 내가 한 수 가르쳐 줘야겠어. 허허."

"네."

"자! 오늘도 전통시장에서 국밥 한 그릇 하는 거 찍으면 되지?"

"네. 오늘은 돼지국밥입니다."

# 못다 한 이야기

"영의정 대감, 홍길동이 벼슬을 줘도 안 하려고 하니 어쩌면 좋소? 내 주변인들은 언제 역모할지 모르니 걱정이오."

왕은 이마에 손을 얹으며 눈을 살며시 감았다.

"본인이 싫다 하니 어쩌겠습니까? 병조판서가 저렇게 버티고 있으니 더더욱 싫겠지요."

영의정도 안타까운 건 마찬가지였다. 왕은 잠시 생각하다가 조용한 목소리로 말했다.

"그래서 과인이 생각한 게 있는데 들어 보겠소? 절대 아무한테도 알려서는 아니 되오."


"네? 제가 역모를요? 그 무슨… 가당치도 않습니다, 전하!"

홍길동은 죄인인 것처럼 고개를 숙여 엎드렸다.

"그럼 저 병조판서 놈한테 나라가 넘어가도 괜찮단 말씀이오? 거처를 율도산 꼭대기로 옮기고 준비를 하시오. 준비만 되면 3일 안에 모든 게 끝날 것이오. 따로 연락책을 보내 주겠소. 내가 그대의 첩자가 되리다!"

왕은 평소의 온화한 모습과 다르게 주먹을 꽉 쥐며 옥좌 팔걸이를 눌렀다. 홍길동은 첩자란 말에 고개를 잠시 들었다가 다시 숙였다.

"육지 대한민국의 도움을 받으면 되오. 왕국의 섬도 도움을 받아 성공한 거요. 이미 밀사를 보내 육지 대통령의 확답을 받았소. 총도 밀수를 허락해 줄 것이오. 왕 노릇 너무 힘드오. 나와 내 가족을 그냥 유배 보내 주고는 산에서 농사나 짓게 해 주시오. 나한테 왕 노릇은 맞지 않소. 홍길동 그대도 잘 아시잖소. 훈련도감, 총융청, 수어청 대장은 나와 가까운 사이니 내가 구슬리면 될 것이오. 안 그렇소, 영의정?"

왕은 영의정을 보며 얼른 홍길동을 부추기라는 눈짓을 주었다. 홍길동은 엎드린 채 어찌할까 눈알이 왔다 갔다 했다. 영의정은 엎드린 홍길동 뒤통수를 보며 입을 열었다.

"병조판서, 금위영, 어영청 대장만 확실히 막으면 충분히 가능합니다. 수군 최승업, 곽정토 장군은 육지 대한민국에서 배를 해적으로 위장해 막아 줄 것이오. 함포 한 방이면 수군 배는 두 조각 난답니다. 그리고 대가리가 큰 잠자리를 불러서 그 안에 무기를 싣고 전달해 주면 끝이오."

홍길동은 육지에 있을 때 텔레비전으로 얼핏 봤던 함포 쏘는 군함을 떠올렸다.

"전하께서 그냥 왕위를 그대에게 물려주기엔 명분이 없소. 따로 전하께서 믿을 만한 아들이 있는 것도 아니잖소. 그러니 우리끼리 역모를 통해 그대가 왕이 되고 병조판서 일당을 미리 처리하는 것이오. 그게 전하와 이 나라를 구하는 길이오."

영의정은 부탁 반 협박 반 표정을 지었다. 홍길동은 고개를 들고 왕과 영의정 얼굴을 번갈아 쳐다보았다.

"이건 부탁이 아니고 왕으로써 마지막 어명이오. 그대가 왕이 되어 다스려 주시오. 다른 놈들 못 믿겠소!"

왕은 홍길동을 두 손으로 잡으며 '제발'이라는 눈빛을 보냈다.

"홍길동, 잘 생각해 보시오. 그대가 추구하는 육지 대한민국의 선진 문물을 받아들이는 정치를 이때 하면 되지 않소? 병조판서 저자는 꽉꽉 걸어 잠그고 자신만을 위한 정치를 할 게 뻔하잖소. 권력을 잡으면 제일 먼저 신분제 폐지를 하시오."

영의정은 홍길동의 눈에서 갈등의 눈빛을 읽었다.

홍길동은 굳게 다짐한 듯 고개를 번쩍 들었다. 그의 눈빛에는 '정의'가 가득 차 있었다.

### 제3장

# 21세기 벌거벗은 임금님

"설마… 착한 사람 눈에만 보인다는 전설상의 옷은 아니겠지요?"

왕이 눈을 가늘게 뜨고 살짝 의심의 눈초리로 물었다. 신하들도 재단사를 보며 설마설마하는 눈짓을 쏘아 보냈다.

"당연히 아니지요! 언제 적 말씀을…. 아직도 그런 사기꾼한테 속는 바봉, 멍충이가 있습니까? 하하! 하지만!!"

재단사는 한 박자 쉬더니 고개를 빳빳이 들며 말을 이었다.

"착한 사람 눈에만 보이지 않는 옷은 있습니다!"

다들 웅성거리며 잘못 들었나 싶어 서로 얼굴만 쳐다봤다.

### 1. 서해도 왕국

육지 대한민국 서해에 '서해도'라는 섬 왕국이 있었다. 왕은 육지 대한민국과 부분적 개방을 꾀했으나 보수적 신하들이 반대했다. 그들이 개방하는 거라곤 성 개방뿐이었다.

이 성은 서해도에 있는 서해산성이다. 육지 대한민국과 관광교류 목적으로 신하들과의 설전 끝에 겨우 얻어 낸 왕의 결과물이었다. 그것도 관광 기회는 일 년에 몇 번 없었다. 신하들도 섬에서 이래저래 육지 소식을 접한 후 필요하면 관광차 육지에 다녀오곤 했다. 그때마다 별의별 걸 보고 다 놀랐지만, 자신들이 정치하는 데에 육지 대한민국과의 교류는 다들 부정적 시선이었다.

"너희들 역할이 크다. 절대 들켜서는 안 된다."

왕은 육지 관광을 한다는 명분으로 밀사를 육지로 파견해서 지속적으로 접촉했다. 왕의 아들이 한번은 아버지에게 진지하게 말했다.

"신하들 말대로 개방해 봤자 왕정이 폐지될 수도 있는데 차라리 그냥 이대로 가는 게 좋지 않을는지요. 그냥 가문을 유지하면서 사는 게 좋을 듯합니다. 잘못했다간 신하들이 등질 수도 있는데 그렇게 되면 나라를 다스리기가 힘들지 않을까요?"

"정치란 신하들한테 등을 지지 않으려고 하는 게 아니다. 백성들한테 등지는 것을 두려워해야 하느니라. 왕이라서 마음대로 하는 건 좋지만 왕인데 제대로 못 하는 건 부끄러운 일이야. 시대의 흐름이다. 전통을 유지한다는 명분하에 언제까지 우리 백성들이 무지하게 살 수는 없다. 너는 그렇게 정치를 해서는 안 된다."

하지만 왕은 2021년 코로나에 감염되어 50대에 사망했다. 왕은 끝내 개방이라는 꿈을 이루지 못하고 아들한테 숙제로 남기고 떠났다. 죽기 전 육지 대한민국에 파견한 밀사와 접촉을 잘하라고 일러두었다.

20대에 왕위를 물려받은 아들은 아버지의 과업을 이어받기 위해 여러모로 노력을 했지만 역부족이었다. 정치하기엔 나이가 어린 데다 정치 경험도 아버지가 하는 것을 옆에서 구경만 한 게 전부였다.

"전하! 옆 나라 왕국의 섬과 율도국을 보십시오. 개방한 나라들은 모두 왕이 쫓겨났습니다. 그걸 보고도 개방을 하시렵니까? 대대로 이어져 온 전하의 가문이 한순간에 무너질 수 있습니다." 영의정이 읍소했다.

왕은 경제와 의료 정도만 개방한다는 것이지 정치 제도는 아니라고 설득했다. 특히 왕은 의료에 관심이 많았다. 코로나라는 역병이 전 세계를 휩쓸었던 몇 년 전, 아무것도 하지 못하고 죽어 나가는 백성들을 보며 마음이 아팠다. 아버지까지 코로나로 돌아가시자 왕이 된 아들은 선진 의료 기술 도입에 관심이 많았다.

　"전하! 지금은 수많았던 역병들이 많이 사라진 상황이며 그때 코로나는 누구도 예상치 못한 역병이었기에 어쩔 수 없었습니다. 다른 나라도 수많은 백성들이 목숨을 잃었잖습니까? 선진국에서는 예방주사를 의무적으로 맞히다가 부작용이 많이 발생해 반발이 심했던 걸로 알고 있습니다."

　목숨은 하늘의 뜻이라며 신하들의 고집된 생각은 꺾기 힘들었다. 겉으로는 신하들이 왕을 위하는 멘트 같았지만 그들 속마음은 전혀 달랐다. 옆 나라 왕국의 섬과 율도국을 보고는 개방을 하면 왕만 쫓겨나는 게 아니라 신하들 가문도 위기를 맞을 수 있다는 걸 봐 왔기 때문이다. 경제나 의료만 개방한다지만 시간이 지나면 정치 제도도 스며들어 올 것이다. 그렇게 되면 왕 세습이 무너지는 건 당연하고 동시에 신하들 자신의 지위도 무너질 게 뻔하다는 생각이었다. 그래서 영의정과 병조판서 위주로 많은 신하들은 적당히 살자는 식이었다.

　"굳이 우리 세대가 위험 부담을 안고 뭘 새롭게 할 필요는 없지. 우리가 살면 백 년을 살겠나, 천 년을 살겠나. 이렇게 그냥 무난하게 정치하면 되지 뭐."

　영의정이 다른 신하들을 둘러보면서 말했다. 영의정 말에 다들 고개를 끄덕였다. 몇몇 양심적 신하들 빼고는 대부분 자신들의 안위만 걱정하는 신하가 주를 이루었다. 군권을 쥐고 있는 병조판서 같은 강경 세력이 많아 여차하면 역모의 기운까지 도사리고 있었다. 명분만 생기길 바랐다. 신하들은 육지 대한민국을 차단하기 위해 해안가에 밀수나 밀항을 철저히 통제하라고 명령했다.

왕은 아버지의 가르침대로 자신의 지위보다는 백성을 먼저 생각했지만 지지 세력이 부족했다. 신하들의 계략과 방해에 왕도 지쳤는지 개방에 관한 말이나 행동은 줄어들었다. 그러다 서서히 사치와 향락에 빠졌다. 나라를 다스리는 일은 뒷전이고 전국 맛집을 찾아 돌아다닌다든지 궁궐을 비우고 육지에 관광차 여러 날을 다녀오곤 했다. 중요한 결재는 신하들한테 알아서 하라고 했다.

신하들은 갑자기 돌변한 왕이 이상하다 생각했다.

"이상할 것 없소. 생각해 보시오. 자기 뜻대로 안 되니 우리처럼 남은 인생 편히 살자 이거겠지요. 우리가 이렇게 딱 버티고 있으니 자신만의 정치를 하기 힘들지요. 한창 20대 젊은 나이에 해 보고 싶은 게 얼마나 많겠소."

영의정은 이럴 줄 알았다는 듯 태연히 말했다.

"맞습니다. 아마 머리 아픈 정치 빼고는 다 하고 싶을 거요. 나라도 그러겠소, 허허!"

병조판서가 호탕하게 웃으니 인상이 더 험악해 보였다.

왕은 육지의 선진 문물을 접하며 명품에 관심이 많았다. 어느 날은 전신 거울을 보더니 자신의 왕관이며 옷을 보고는 얼굴을 찌푸렸다.

먼저 왕관을 보더니 모양이 마음에 들지 않아 바꾸고 싶었다. 왕이 사용하는 왕관은 면류관과 익선관, 두 종류였다. 면류관은 모자 위에 직사각형 판때기를 얹고 판때기 앞뒤로 색깔 구슬을 꿴 줄을 여러 개 늘어뜨린 것이고, 익선관은 모자가 2단으로 되어 있고 위쪽에 매미 날개 모양이 있는 왕관이었다.

"면류관은 눈앞에 구슬인지 사탕인지 주렁주렁 매달려 움직일 때마다 흔들려 눈알이 아프오. 육지 대한민국에서 한때 유행했다고 하던 탕후루 같단 말이오. 생각만 해도 찐득찐득해 죽겠소. 그리고 익선관은 저 날개 같은 게 옆 나라 왕이었던 당나귀 귀 왕이 자꾸 생각난단 말이오."

왕은 왕국의 섬 최정의가 떠올랐다. 왕관을 만들었던 장인이었지만 정치싸움에 휘말려 실종되어 버린 그의 실력이 안타까웠다. 옆에 김 내관이 잘됐다 싶어 왕을 향해 고개를 조아리며 입을 열었다.

"얼마 전 육지 대한민국에 갔다 온 사신이 어린애들이 이걸 왕관처럼 쓰고 칼싸움 놀이를 하고 있더랍니다. 머리에 쓴 왕관이 뭐냐고 하니 명품 모자라 하길래 탕후루를 사 주고 겨우 한 개 얻어 왔다고 합니다."

김 내관이 미리 준비한 걸 보여 주니 사각형 모양의 허연 종이 가방에 'DiOr'이라고 굵고 진한 글씨 같은 것이 적혀 있었다.

다들 무슨 뜻인지 몰랐다. 사실 그것은 쇼핑백이었다.

"이 글씨가 명품이라고 인정하는 모자라고 했습니다."

김 내관이 왕 앞에 내밀었다.

왕은 건네받고는 머리에 쇼핑백을 뒤집어썼다. 아주 가벼웠다. 귀 양옆으로 끈이 흘러 귀걸이 같았다.

"필요할 경우 모자를 벗어서 물건 담는 주머니로도 사용할 수 있어 아주 실용적입니다."

김 내관이 아부하듯 웃으며 설명했다. 왕은 벗어서 귀걸이 같은 끈을 잡아 손잡이로도 사용해 봤다.

"이거, 가볍고 좋은데. 안 그래도 왕관이 무겁고 불편했는데 이건 죽여주는군." 왕은 흡족해했다.

하지만 이번엔 옷을 보더니 다시 인상이 구겨졌다.

"요즘 선진국에선 이런 통이 넓은 소매와 바지도 입지 않는다. 갑자기 스키니 진이라는 바지가 입고 싶구나."

왕은 입은 옷이 거추장스러운 듯 아래를 내려다보며 고개를 슬쩍 한번 저었다. 김 내관은 왕이 스키니 진을 입은 모습을 상상하니 얼굴이 찌그러져 웃음이 나올 뻔했다.

왕은 묘수가 생각났다는 듯 눈을 크게 떴다.

"이 봄이 지나가기 전에 꽃구경 가려면 옷 한 벌 장만해야겠디. 육지에 내가 잘 아는 재단사가 있으니 관광하러 오라고 초청해야겠다."

### 2. 육지 재단사

육지 재단사는 관광도 할 겸 왕국의 특별 배려로 단숨에 서해도에 왔다. 궁궐에 들어선 재단사의 옷이 뭔가 번쩍번쩍하며 빛이 나 보였다. 신하나 궁녀 할 것 없이 육지 사람의 패션을 본다고 나와 있었다.

왕은 일부러 궁궐 사람들 구경시켜 주려고 봄 햇살이 비치는 근정전 밖에서 자리를 마련했다.

양옆으로 신하들이 도열했고, 멀리까지 하급 관리와 궁녀들도 있었다. 특히 궁녀들은 젊은 재단사의 모습에 호기심을 보였다. 재단사는 창이 넓은 모자에 눈을 시커멓게 가린 선글라스를 썼다. 윗옷의 옷깃은 잔뜩 각이 잡힌 무늬 하나 없는 시커먼 남방이었다. 바지는 스키니 진에 가까운 시커먼 면바지였다. 블랙 콘셉트로 평범했지만 비주얼이 되는 재단사가 입으니 멋져 보였다.

"역시 의상의 완성은 얼굴이지!"

궁녀들이 목을 쭈욱 빼내 보이며 칭찬했다.

"와아!"

선글라스를 벗으니 궁녀들의 작은 감탄사가 모여 메아리쳤다. 재단사 얼굴은 작은 데다가 허옇기까지 했다. 양옆에 시커먼 얼굴의 큰 무사들과 비교가 아닌 대조를 이루었다.

"그대처럼 멋진 옷을 한 벌 만들어 줄 수 있겠소?"

왕은 재단사를 아래위로 훑어 내리며 말했다.

재단사는 자신의 패션을 한번 보고는 "이건 일반 사람들이 입는 평범한 옷입니다. 전하께서는 더 좋은 옷을 입어야지요." 하며 왕의 체형을 벌써 훑어 내리고는 말을 이었다.

"육지 대한민국에서 막 개발한 기절초풍할 옷이 있지요. 아직 상용화되지는 않았지만 곧 유행할 겁니다. 깜짝 놀라 뒤집어 자빠질 옷입니다. 하하!"

재단사가 환하게 웃자 선글라스가 움찔했다.

"설마… 착한 사람 눈에만 보인다는 전설상의 옷은 아니겠지요?"

왕이 눈을 가늘게 뜨고 살짝 의심의 눈초리로 물었다. 신하들도 재단사를 보며 설마설마하는 눈짓을 쏘아 보냈다.

"당연히 아니지요! 언제 적 말씀을…. 아직도 그런 사기꾼한테 속는 바봉, 멍충이가 있습니까? 하하! 하지만!!"

재단사는 한 박자 쉬더니 고개를 빳빳이 들며 말을 이었다.

"착한 사람 눈에만 보이지 않는 옷은 있습니다!"

다들 웅성거리며 잘못 들었나 싶어 서로 얼굴만 쳐다봤다.

"네 이느무시키!! 여기가 어디라고 감히 말장난을 하느냐? 내가 육지의 유머를 잘 아는데 어디서 아재 농담을 하느냐?"

영의정이 한 대 때릴 기세로 꾸짖었다.

"정확히 투명 망토라 부르지요. 저에게 투명 망토를 만들 수 있도록 장소와 시간, 돈을 주시면 만들어 오겠습니다. 열흘이면 됩니다."

재단사는 영의정의 꾸지람에도 마치 대사를 읊듯 준비한 멘트를 내뱉었다.

"이놈이 점점… 도라지 먹고 돌았나, 미나리 먹고 미쳤나! 제정신이 아니구나!"

영의정은 끄떡없는 재단사를 보자 더 목소리를 높여 꾸짖었다.

"보십시오, 전하! 신하님들이야말로 이런 아재 농담을 하시니 선진 문물에 문외한일 수밖에 없지요. 그럼 선불이 아닌 후불로 하겠습니다. 만들어 오면 그때 돈을 주시면 됩니다."

재단사는 뭘 믿는 구석이 있는지 목소리에 한 치의 떨림도 없었다. 왕은 잠시 생각에 잠겼다. 신하들은 웅성거리고는 왕의 얼굴만 쳐다봤다.

"뭐, 밑져야 본전이니 옷 만들 시간을 주지. 궁궐 안에 자리를 마련할 테니 밖에 몰래 나가서 허튼짓할 생각은 마라. 사기를 치는 것이라면 널 족쳐서 가족과 함께 육지 북쪽으로 보내 버릴 것이야! 북쪽이 좀 살벌하거든."

왕은 별 고민 없이 승낙하면서 겁을 좀 줘 봤다.

"걱정 붙들어 매십시오. 전하!"

재단사는 고개를 숙여 대답했다.

나중에 신하들은 저걸 믿는 어리석은 왕이나 사기 치려는 재단사나 똑같은 놈들이라 마구 씹어 댔다.

"눈에 안 보이는 옷을 입으면 뭐 할 건데? 옷이라는 건 입어서 보여야 옷이지 안 보이면 옷을 입을 필요가 없잖소?"

호조판서는 도저히 이해가 안 간다는 표정으로 말했다.

"맞소. 세상에 착한 사람 눈에만 보이지 않는 옷이 어디 있단 말이오?"

이조판서도 이해가 안 간다는 표정이었다. 신하들은 시간 날 때마다 영의정 집에 모여 왕실 행태를 한탄했다.

"지금 이 왕도 계속 헛짓하면 역모할 수밖에 없지요."

평소 젊은 왕을 싫어했던 병조판서가 잘됐다 싶어 말했다. 역모라는 말에 대신들이 서로 얼굴을 쳐다봤다. 병조판서 성격을 잘 아는 강경파는 그리 놀라지 않았다.

"얼마 전 왕국의 섬 왕도 쫓겨나고, 율도국 왕도 쫓겨나고, 심지어 선진국이라는 육지 대한민국에서도 예전부터 대통령이 여러 번 쫓겨났지요. 우리라고 왕을 못 쫓아낼 이유가 없지요."

대호군이 맞장구쳤다. 대호군은 종3품 무관 벼슬로 병조판서와 친분이 두터웠다.

"차이점이 있다면 우리는 왕만 쫓아내고 정치 제도는 그대로 하는 겁니다."

병조판서는 명분이 생기면 역모라는 말을 쉽게 내뱉곤 했다.

"난 역모는 아직 반대요." 영의정이 딱 잘라 말했다.

병조판서와 강경파 신하들은 다들 영의정을 보며 놀라는 눈치였다. 역모에 성공하면 왕이 되는 0순위가 영의정인데 왜 반대하는지 납득이 가지 않았다.

"역모에 성공해서 왕이 된다 한들 지금보다 좋다고는 볼 수 없지요. 오히려 잘못 통치했을 때 그 책임이 더 무거울 거요. 1인자보다 실세인 2인자가 더 낫지요. 실세는 우리고, 잘못돼서 욕먹는 건 지금의 왕이니까요. 역모해서 왕이 됐는데 백성이 우릴 등진다면 조금 곤란하지 않겠소?"

영의정이 주변 신하들을 둘러보며 말했다.

"그건 걱정 마십시오. 군권이 저한테 있지 않습니까? 백성이 등지면 제가 돌려 세우겠습니다."

병조판서는 왼쪽 허리에 찬 칼을 단단히 잡으며 보란 듯이 살짝 들어 보였다.

"요즘 배운 놈들 중에서 선진 문물을 접한 깨어 있는 백성인 척하는 놈들이 있소. 이놈들이 백성을 자극해서 민란도 발생할 수 있지요."

영의정이 병조판서 칼을 보며 말했다.

"그럼 저 왕이 자꾸 이상한 짓을 하는데 지켜볼 수만은 없잖습니까?"

병조판서의 목소리가 원체 굵어서 왠지 대드는 뉘앙스 같았다.

"그냥 지켜보면 됩니다. 적당히 비위나 맞춰 주면 되지, 역모한다고 힘 뺄 필요 없습니다. 어차피 정치는 우리가 하는 거나 마찬가지잖소."

"저도 영의정 말에 공감합니다. 이대로 지내는 것도 좋을 듯합니다. 역모하면 분명 반대하는 신하들이 몇 있을 것입니다. 이 자들이 깨어 있는 백성을 부추겨 대항할 수도 있습니다. 물론 병조판서가 우리 편이니 군사력으로는 우리가 이기겠지만 역모하기엔 명분이 조금 부족한 듯합니다." 우의정이 낮은 목소리로 끼어들어 말했다.

"제 생각도 똑같습니다. 아직 우리에게 직접적이 피해가 없으니 당분간 지켜보고 우리 상황이 위태로울 때 갈아 치워도 늦지 않습니다. 적당히 아부하듯 맞춰 주는 게 나을 듯합니다." 호조판서가 병조판서를 보며 말했다.

다른 신하들도 고개를 끄덕이자 병조판서는 칼을 잡은 손에서 힘을 뺐다.

"자자, 병조판서도 성질 좀 죽이시고 우리에게 직접적인 피해가 발생하거나 우리 상황이 위태로워지면 그때 생각해 봅시다." 영조판서가 마무리하며 정리했다.

이렇게 신하들은 당분간 누그러뜨리고 비위 맞추며 살아가기로 했다.

한편 재단사는 궁궐 안 작업장에서 미리 육지에서 가져온 옷감을 보며 흐뭇해했다. 자신을 도와주는 일꾼이 두 명이 더 있었다. 밖에서는 다들 옷을 어떻게 만드는지 궁금했지만 아무도 못 들어오게 했다.

"영업 비밀이라, 이해해 주십시오."

### 3. 보이지 않는 옷의 등장

재단사는 처음 말과 달리 나흘 만에 만들었다며 다시 사람들을 모이게 했다. 이번엔 궁궐 안에 신하건 노비건 할 것 없이 어린아이처럼 호기심 가득한 얼굴로 모여들었다. 다들 반신반의하는 표정이었다.

왕도 궁금한지 옥좌에 몸을 기대지 못한 채 앞으로 내밀어 재단사가 들고 있는 옷만 쳐다봤다. 네모나게 곱게 접힌 초록색 옷이었다.

"자! 다들 놀라 뒤로 자빠질 준비 하십시오!"

전형적인 사기꾼 멘트였다.

재단사는 접힌 옷을 두 손으로 잡아 살며시 펼쳤다. 그런데 옷의

형태가 아닌, 네모난 보자기 같은 것이었다.

"내 이럴 줄 알았다! 그건 옷이 아니고 그냥 네모난 보자기 아니더냐?" 영의정은 꼬투리를 잘 잡았다 싶었다.

"이건 투명 망토라는 것입니다. 먼저 진짜로 눈에 안 보이는지 확인시켜 드리려고 한 겁니다. 하도 의심하는 사람들이 많아서요."

재단사는 그러면서 영의정과 그 무리들을 쳐다봤다.

"그다음에 마음에 들면 몸 치수를 재서 다시 만들 것입니다."

"그게 투명 망토라고? 보자기가 투명하지 않고 초록색으로 훤히 다 보이는데?" 왕은 고개를 갸웃하더니 "그럼 내가 착하지 못해서 보인다, 그 뜻이냐?" 하며 재단사에게 따지듯이 물었다.

신하들도 착한 사람 눈에만 보이지 않는다는 말을 떠올렸다. 자신뿐만 아니라 다른 신하들도 눈에 보이는 눈치여서 속으로 다행이다 싶었다.

"또 이느무시키야! 우리들 모두가 다 보이는데 그럼 우리 모두가 착하지 못하고 나쁜 사람들이란 말이냐?"

영의정은 재단사를 노려보고는 옆으로 돌아서 신하들을 쳐다보았다.

"그대들 중에 저 망톤지, 망통인지 보이지 않는 사람 있으면 손한번 들어 보거라!"

영의정은 저 멀리 궁녀가 있는 데까지 쳐다보며 소리쳤다. 다들 보인다는 뜻으로 아무도 손 드는 이가 없었다.

"에헤이! 참 나! 영의정 씨, 아니 영의정 신하님! 제 말 좀 끝까지 들어 보십시오. 투명 망토 뜻을 착각하셨나 봅니다. 21세기 과학적 원리를 간단히 말씀드리겠습니다."

재단사는 표정하나 변하지 않고 망토를 양손을 당겨 평평하게 펼쳤다.

"이 망토는 물체 주변으로 생기는 일종의 홀로그램 영상을 통해 보는 이의 시야에서 사라지게 하는 방식입니다. 여기서 핵심 역할을 하는 것이 바로 메타물질이라는 소재라는 것입니다."

다들 홀로 뭐시기, 메타 뭐시기에서 머릿속이 엉켜 버렸다.

"메타물질은 물질의 광학적 특성을 조절할 수 있는 새로운 차원의 재료로서 나노미터 수준의 구조를 정밀하게 설계 및 제작해 만들 수 있다고 알려져 있지요. 덕분에 해당 물질에 빛을 비추게 되면 원하는 방향으로 빛을 투과시키거나 아예 빛을 차단시킬 수도 있고 심지어 빛의 경로까지도 바꿀 수 있다고 합니다."

"그만! 그만! 메탄지 매타작인지, 나논지 니나논지 모르겠고 알기 쉽게 설명해 보거라!"

왕도 이제 짜증이 났는지 목소리가 높아졌다.

"쉽게 말하면 이걸 덮어쓰면 망토도 안 보이고 몸뚱어리도 안 보인단 말이지요. 망토가 주변 배경색으로 변해서 사용자가 보이지 않는 착시현상이 나타날 것입니다."

다들 무슨 말인지 반쯤은 이해한 표정이지만 실제 눈앞에서 볼 수 있을지는 아직도 믿기지 않았다.

"그럼 얼른 줘 봐라. 바로 확인할 것이다!"

왕은 옥좌에서 일어서서 손을 내밀었다.

그러자 호위무사가 한 발짝 나섰다.

"전하, 제가 먼저 입어 보겠습니다. 혹시나 무슨 꿍꿍이속이 있으면 어쩌려고 하십니까?"

"여기 의심하는 신하님 또 추가요! 그럼 제가 먼저 덮어써 보겠습니다."

재단사는 대답도 듣지 않고 보자기를 양손으로 확 펼치더니 머리 위로 한 번 휙 돌리며 온몸을 감듯이 덮어썼다.

윽!

헉!

와아!

어머나!

저럴 수가!

기타 등등… 세상의 감탄사는 다 나왔다.

왕이 앞에서 보면 보자기 색이 뒷배경인 저쪽 대궐문 색이었고, 양쪽 신하들은 맞은편 다른 신하들 몸통 옷 색깔로 보였다. 재단사 몸은 사라졌다. 재단사가 움직일 때 자세히 보면 엷은 실루엣 테두리가 보였지만 그럼에도 놀라움 그 자체였다. 재단사가 얼굴만 쓱 내밀자 구경꾼들이 윽! 하며 대낮인데도 귀신을 본 듯 온몸에 소름이 돋았다. 영의정도 잠시 입을 벌렸다가 곧 정신을 차렸다.

"내가 육지에서 본 적이 있는데 이건 마술이지 않느냐? 어디서 사기를 치느냐?"

영의정은 뭔가 주워들은 게 많은지 또 잘 걸렸다며 소리쳤다. 마술이란 말을 들은 적 있는 몇몇 신하들도 고개를 끄덕이며 '그래, 그래' 했다.

"그래서 이럴까 봐 조금 전에 메타물질, 나노기술 같은 과학적 원리를 미리 말한 것이오. 이런 건 육지에 이은결, 최현우도 못 하는 마술이지요. 설령 마술이라 해도 보이지 않으니 얼마나 대단한 기술이오?"

재단사도 어느새 말투가 '하오'체를 섞어 가며 말하고 있었다. 다들 재단사 설명은 듣는 둥 마는 둥, 둥둥 떠다니는 얼굴만 보고 귀신에 홀린 듯한 얼굴을 했다. 재단사는 더 놀래려고 두 손으로 망토를 확 잡아당겼다. 그러자 거의 눈만 둥둥 떠다녔다.

으윽!

이젠 놀라움을 넘어 공포스러웠다. 재단사는 발을 움직여 영의정 쪽으로 다가갔다. 발을 움직일 때마다 신발 앞부분이 망토 속에서 나와 앞으로 전진했다. 눈과 신발 앞부분만 보였다.

와아!

구경꾼들은 이제 공포는 극복하고 그 자리에서 입만 벌려 눈알이 감탄하기 바빴다. 눈과 발이 동시에 다가오니 영의정은 동공이 커졌다. 재단사가 얼굴 가까이 눈을 갖다 대자 영의정은 몸이 얼은 붙은 것처럼 움직이지 못했다.

"이래도 못 믿겠습니까?"

재단사는 재미가 붙었는지 그 상태로 오른쪽으로 도열된 줄로 쭈욱 눈을 마주치며 끝까지 걸어갔다. 대부분은 놀라서 얼굴을 뒤로 빼거나 발을 몇 걸음 뒤로 물렸다. 끝에 궁녀들한테 이르러 예쁜 궁녀 앞에서 눈만 똑바로 쳐다봤다. 그 궁녀는 눈이 마주쳐서 좋아서 그랬는지 무서워서 그랬는지 모르지만 뒤로 자빠지며 기절했다. 주변에 남정네 신하들이 서로 달려와서는 인공호흡 폼을 잡았다. 그러자 덩치 좋은 하녀 같은 궁녀가 "허튼수작하지 마쇼!" 하며 엎고 가 버렸다.

"이제야 믿겠습니까? 자! 다들 솔직히 말씀해 주십시오! 분명히 착한 사람 눈에만 보이지 않는 망토라 하였습니다. 제 몸이 다 보이는 분은 솔직히 말씀해 주십시오."

재단사는 여전히 망토를 꽉 잡고 있었다.

아무도 손 드는 이가 없었다.

"제가 보인다고 해서 부끄러워할 필요가 없습니다. 우리 인간은 착할 때도 있고 아닐 때도 있기 때문입니다. 지금은 보이지만 착한 마음이 생기면 다시 보이지 않을 수도 있으니 너무 걱정 마십시오. 반대로 지금은 착해서 보이지 않지만 나중에 나쁜 마음을 먹으면 보일 수도 있습니다."

다들 눈에 보이지 않는 듯 당당하게 재단사 말에 귀를 기울이며 쳐다봤다. 재단사는 둘러보며 모두와 눈이 마주쳤다. 모두 다 진정으로 착한 눈빛이었다. 다들 재단사가 보이지 않으니 자신들이 착하다는 것에 자부심을 가진 눈빛이었다.

왕조차도 권위 있는 왕이기보다 순수한 어린아이의 눈빛이었다. 재단사는 이번엔 망토를 벗었다가 다시 쓰며 얼굴까지 덮었다. 잠시 재단사 몸이 보였다 완전히 사라졌다.

"그럼 다시 한번 묻겠습니다. 진짜 보이는 분 솔직히 손 들어 주십시오!"

재단사는 망토 속에서 크게 외쳤다.

잠시 뒤 재단사가 빼꼼히 내다보니 아무도 없었다.

"괜찮으니 보이면 손을 들거라!"

이번엔 왕이 확인차 또 물었다.

역시 아무도 없었다.

"좋습니다. 그럼 제가 진짜 보이지 않는 분 손 들어 주십시오!"

다들 너 나 할 것 없이 그 질문을 기다렸다는 듯이 손을 들었다. 어깨가 빠질세라 들었다. 다들 내가 착한 사람이라고 손끝으로 외치는 것 같았다. 영의정 패거리들이 제일 빨리 들었다. 다른 못된 신하들 중에도 양심에 찔리지만 진짜 보이지 않으니 손을 들었다. 왕도 전체적으로 다 둘러보고는 손을 들었다.

그러자 손을 들고 있던 좌의정이 할 말이 있는 듯 입을 열었다.

"오늘 아침 제가 마누라랑 싸워서 마누라에 대해 나쁜 마음을 먹고 있었소. 그래서 부끄럽지만 당신이 보일 거라 생각했는데 진심으로 보이지 않소. 어찌 된 일인지요?"

좌의정은 양심의 가책을 느꼈는지 손을 서서히 내리며 물었다. 재단사는 예상을 한 듯 두 손에 힘을 풀고 얼굴을 보이며 미소를 지었다.

"당신이 진정으로 착한 사람입니다. 아아, 그렇다고 다른 분이 나쁘다는 뜻은 아니니 오해 마십시오."

재단사는 둘러보며 미리 진정시켰다.

"자신이 진정 나쁘다고 깨달은 그 마음이 착하다는 뜻입니다. 그래서 제가 보이지 않는 겁니다. 진짜 나쁜 놈들은 자신의 생각이 나쁘다는 걸 모르는 놈들입니다. 또 아셔야 할 게 천성이 착한 사람도 제가 보이지 않을 겁니다."

재단사는 양쪽으로 도열된 신하들을 저 멀리까지 보며 말했다. 다들 웅성거리며 서로를 쳐다보았고, 고개를 갸웃한 사람도 있었다.

영의정 패거리들은 서로 쳐다보며 속이 뜨끔했다.

"어쨌든 여기 있는 사람은 모두 착한 사람이란 증명됐습니다. 전하는 복받으신 겁니다. 이렇게 착한 신하들이 있다니 얼마나 복이 많으신 겁니까?"

재단사는 왕을 쳐다보며 다시 말을 이었다.

"역시 전하도 제가 보이지 않는 게 맞지요?"

재단사는 이번엔 얼굴까지 다 가리며 물었다.

"다, 당연하지. 난 아침에 마누라랑 싸우지도 않았으니 완전 착하지. 허허!"

"허허허허."

"호호호호."

진짜 착한 사람도, 양심에 찔린 사람도 다들 자신이 착하다고 세뇌를 당한 것처럼 분위기에 맞춰 웃었다.

"이게 다 전하가 덕이 많아서 그런가 봅니다."

평소 아부를 잘하는 우의정이 한마디 했다.

"이거 이거, 우리 신하들 모두가 착한가 보오. 정말 기분이 좋소."

왕은 신하들을 둘러보며 자연스레 박수를 쳤다. 그러자 다들 왕을 따라서 박수를 쳤다.

"그럼 내가 한번 입어 볼 테니 가져와 보시오."

왕은 얼른 달라는 폼으로 의자에서 일어나 손을 또 내밀었다. 이번엔 호위무사가 말리지 않았다.

재단사는 투명 망토를 벗고 왕 앞으로 걸어갔다. 따뜻한 봄 햇살에 옷 위에 망토까지 걸쳤더니 땀이 났다. 재단사는 두 손으로 건넸다. 투명 망토를 받아 든 왕은 그 자리에서 온몸을 감쌌다. 재단사가 방금 걸쳤던 거라 투명 망토가 더 더웠다.

와아!

역시나 감탄사였다. 왕은 아래를 내려다보며 자신의 몸통과 다리를 확인했다. 뒤에 옥좌 배경 색깔로 변해 있었다.

눈으로 직접 사라진 몸을 보니 온몸이 한결 가벼운 느낌이었다. 보란 듯이 얼굴만 돌려 이리저리 둘러 봤다. 재단사처럼 양손으로 망토를 당겨 눈만 보여 주었다.

와아!

왕은 근정전 앞마당을 서서히 거닐었다. 신발 앞부분이 둥둥 떠다녔다.

"마지막으로 내가 묻겠다! 진짜 내가 보이지 않느냐?"

왕이 그 자리에 서서 양쪽 신하들을 향해 소리치듯 물었다.

"네!" 다들 자신 있게 대답했다.

"설마 다들 장님은 아니겠지?"

왕은 기분이 좋아 농담을 던져 봤다.

"하하하!"

신하들은 신기하기만 했다.

"정말 대단하오. 재단사 양반!" 왕이 재단사를 인정했다.

"별말씀을요, 전하! 내친김에 궁궐 밖으로 행차를 나가 보십시오. 백성들한테도 진짜 보이지 않는지 확인한다면 이건 명품임에 틀림없지요. 또한 백성들의 착한 마음을 잘 알 수 있는 기회가 될 것입니다."

"그렇게 하겠소. 조금 더운 게 흠이지만."

왕은 웃으며 망토를 벗었다.

"정 더우시면 행차할 땐 옷을 벗고 덮어쓰시면 됩니다. 어차피 안 보이실 텐데 무슨 걱정이십니까?"

재단사가 별일 아닌 듯 해결책을 말해 주었다.

"좋소. 다들 며칠 내로 행차 준비하도록 하시오!"

"네. 전하!"

잠시 뒤 영의정 패거리 신하들은 모여서 웅성거리기 바빴다.

"마술이 아니라면 진짜 대단한 물건이오."

"난 속으로 '나 혼자 보이면 어쩌나' 하고 가슴을 졸였소."

"저도요. 얼마 전까지 역모니 뭐니 하며 왕 욕하기 바빴는데 실제는 보이지 않으니 의문이었소."

다들 뭔가 찔렸는지 보이지 않는 것에 궁금했다.

"재단사가 말했잖소. 자신이 진정 나쁘다고 깨달은 그 마음이 착하다고 했으니 우린 모두 착한 게 맞지요. 그때 우리가 역모를 하지 않고 지켜보기로 했잖소. 그래서 착한 마음으로 돌아온 겁니다. 그리고 천성이 착하면 보이지 않는다고도 했잖소."

영의정은 재단사가 마음에 들지 않았지만 억지로 인정하는 말투였다. 다들 궤변 같았지만 아하! 하며 자신의 행동을 합리화했다.

"왕 기분에 맞춰 주기로 했으니 우린 착한 게 맞지요. 왕을 더 즐겁게 하려면 백성들한테 빨리 소문내야 하오."

우의정이 말했다.

투명 망토 소문은 며칠 사이에 궁궐 밖으로 퍼졌다. 소문을 들은 백성들도 반신반의할 수밖에 없었다. 궁궐 신하뿐만 아니라 궁녀와 거기서 일하는 잡놈들까지 안 보였다고 하니 백성들도 믿는 분위기였다.

"난 안 착한데 어쩌지?"

"안 착한 걸 알아차리는 것도 착한 거래. 빨리 깨달아 봐."

"그 투명 망토 나 좀 빌려 달라 해야겠어. 우리 마누라가 나보고 눈에 띄지 말라 했거든."

"나는 투명 망토로 우리 마누라 얼굴만 가리고 싶어."

"우리 동네에 선녀 목욕탕 있었으면 좋을 텐데."

분위기상 보여도 안 보인다고 할 판이었다.

### 4. 왕의 행차

3일 뒤 왕은 행차 준비를 마쳤다. 봄이지만 날씨가 초여름 날씨였다. 덥지 않으면 옷 위에 덮어쓰려고 했는데 아무래도 무리일 것 같았다. 오늘은 더 먼 거리를 행차해야 하니 그냥 입는다면 푹푹 찔게 뻔했다. 그래서 먼저 상의는 난닝구 같은 모시 속옷을 벗어 버렸고, 하의는 사각 빤쮸만 입은 채 투명 망토를 덮어썼다. 예상대로 보이지 않았다. 옆에 김 내관은 볼 때마다 신기할 따름이었다. 왕은 그대로 가마에 느긋이 앉고는 투명 망토를 양손을 꽉 잡아 거의 알몸을 감쌌다. 백성을 완전 놀래 주려고 얼굴까지 뒤집어쓰고 고개를 숙였다. 드디어 성문이 열렸다. 이미 밖에는 양쪽으로 백성들이 고개를 삐죽이 내밀고 가마가 나오기만을 쳐다봤다. 가마에 빈 의자만 있으니 백성들이 웅성댔다. 가마꾼들은 겉으로는 빈 의자를 들고 가느라 낑낑댔다. 최고의 팬터마임 포포몬쓰였다. 가마 양옆으로 김 내관과 호위무사, 3정승과 6조 판서들, 뒤로 신하들이 줄을 이었다.

기대하시라! 짠!

왕은 투명 망토 얼굴 부분과 상체만 조금 열어젖혔다.

와아!

아악!

또 세상의 모든 감탄사가 나왔다.

심장 약한 아낙네들은 에구머니나! 하며 두 손으로 얼굴을 감쌌고, 꼬마 아이 몇몇은 무서워 엄마 치마폭에 숨었다. 엄마 등에 업힌 어린아이는 그만 울음을 터뜨리고 말았다.

"와! 진짜 왕이 안 보였다, 나타났다 한다!"

한 꼬마가 손가락으로 가리키며 외쳤다. 그러자 엄마가 손가락을 치며 "조심해. 나라님한테 손가락질 하면 안 돼." 하며 주의를 주었다. 하지만 곳곳에 꼬맹이들은 손가락으로 가리키며 소리치기 바빴다.

왕은 다시 투명 망토를 감싸며 이번엔 두 발을 들었다.

역시 '와아!'였다.

왕은 백성들의 놀라는 모습을 보고는 흐뭇해했다. 수백 미터를 가며 기쁨을 누렸다.

"잠깐 멈춰라!"

가마꾼들은 이제야 살았다는 듯 단숨에 가마를 땅에 내렸다. 왕은 그 자리에서 투명 망토를 얼굴까지 덮었다.

"백성들에게 묻겠다! 솔직히 말하거라! 진짜 내가 보이느냐? 안 보이느냐?"

"안 보입니다!" 어른이고 아이고 다들 이구동성으로 외쳤다.

"정말 한 명도 안 보인단 말이냐?"

왕은 일부러 약간 화를 내며 물었다.

"네!"

"여기 백성들 모두가 착할 수가 있단 말이냐? 솔직히 말해도 벌을 주지 않겠다. 누구나 가끔은 나쁜 마음을 먹을 수 있느니라! 그럼 다들 눈을 감도록 하라!"

가까이 있는 백성들은 눈을 감았지만 저쪽에 백성들은 웅성거렸다. 고개만 숙인 채 이리저리 쳐다봤다.

"뭣들 하느냐? 임금님께서 눈을 감으라 하지 않았느냐?"

호위무사가 칼을 뽑아들며 호통을 쳤다.

햇살에 빛나는 칼을 보자 다들 고갤 숙이고 눈을 감았다.

"신하들은 잘 보고 있다가 눈 뜨는 자가 있으면 즉시 꿇어앉히시오!"

왕은 신하들을 보고 외치며 목이 아픈지 '음음!' 하며 목소리를 가다듬었다.

"자, 이제 마지막으로 묻겠다. 비밀을 보장할 테니 솔직히 내가 보이는 사람만 손을 살짝 들거라."

왕은 낮고 근엄한 목소리로 달래듯 물었다.

왕과 신하들은 빠른 눈으로 전체를 스캔했지만 손 하나 까딱하는 백성은 없었다. 들까 말까 조금이라도 망설이는 백성은 눈에 띄지 않았다.

"다들 눈을 뜨거라!"

왕은 속으로 또 흐뭇해했다. 이번엔 쐐기를 박으려고 의자에서 내려 꼬마 아이에게 다가갔다. 얼굴과 신발만 둥둥 떠서 접근했다. 부모와 아이는 왕이 가까이 오자 뒤로 물러나며 고개를 숙였다.

"자고로 어린아이는 거짓말을 못하지. 이름이 뭐냐?"

왕은 여전히 투명 망토를 덮어쓴 채로 물었다.

"이차수라 합니다." 아이 대신 아버지가 대답했다.

아이는 둥둥 떠 있는 왕의 얼굴을 봤다가 겁이 났는지 얼굴을 숙여 왕의 신발만 쳐다보았다.

"그래, 차수야. 진짜 내가 보이지 않느냐? 보이면 보인다고 말하거라. 그러면 정직한 대가로 너에게 큰 상을 내리겠다."

왕은 웃으며 유도 심문을 했다.

"보, 보입니다."

차수가 고개를 약간 숙인 채 얼버무리듯 말했다.

"뭣이?" 왕의 눈이 동그래졌다.

옆에 부모도, 주변 백성들도, 신하들도 입을 다물지 못했다.

"조금 전 임금님 얼굴과 신발이 보였습니다. 다른 부분은 보이지 않고요."

차수는 말하면서 임금님의 가려진 몸통 쪽으로 손을 뻗었다.

"오호! 정직한 아이구나! 그래, 얼마든지 만져 봐라."

왕은 웃으며 원래 볼록한 배를 쑤욱 내밀었다.

차수는 손에 바로 닿자 깜짝 놀라 손을 뺐다.

"어떠냐? 푹신하지? 정직한 아이구나. 너에게 따로 선물을 내리겠다."

왕은 투명 망토에서 오른손만 빼내 아이 머리를 쓰다듬었다. 왕은 의자에 다시 앉았다. 기분이 좋아 의자 팔걸이를 양손으로 탁! 쳤다.

"백성들도 직접 봤듯이 투명 망토는 진짜다! 그리고 그대들의 착한 마음씨도 진짜다! 이 나라의 왕으로서 오늘처럼 기쁜 날은 처음이오. 온 백성이 착한 마음을 가졌으니 내 어찌 기쁘지 않으리오. 혹여나 내가 다시 보인다고 해서 슬퍼하지 마시오. 자신이 나쁜 마음을 먹은 걸 깨달으면 보이지 않을 것이오."

왕은 해가 중천에 뜰 때까지 행차했다.

영의정 패거리는 자기들끼리 모여서는 오늘 행차한 얘기만 해댔다.

"난 전하를 보려고 사실 일부러 나쁜 생각만 했소. 하지만 안 보였소. 역시 착한 내 천성은 어쩔 수 없나 보오. 허허!"

호조판서가 우쭐대며 말했다.

"호조판서도 그 생각을 하셨소? 나도 재미 삼아 속으로 전하 뒤통수를 한 대 치는 마음을 먹었는데 역시나 안 보이더군요. 천성이 착한 사람은 아무리 나쁜 생각을 해도 안 보이나 보오. 허허." 이조판서도 거들먹거렸다.

다음 날, 왕은 재단사를 불러 비용을 지불하고 보너스로 서해도 특산품 최고급 굴비를 주었다.

"이 굴비는 육지에 가서 3도 화상 웰던으로 구워서 냠냠하겠습니다. 전하!"

"이런 게 있다니 아직도 믿기지 않소."

왕은 그저 입만 벌리고 감탄해 마지않았다. 옆에 신하들도 여전히 신기하게 쳐다봤다.

"이제는 진짜 약속대로 이 망토를 옷으로 바꿀 겁니다. 그래서 지금 전하의 옥체 치수를 재겠습니다."

재단사는 호주머니에서 줄자를 꺼냈고, 일꾼 두 명 중 한 명이 치수를 기록할 준비를 했다.

"좋소." 왕은 팔을 벌렸다.

"이번엔 말 그대로 투명 옷입니다. 옷은 투명인데 입으면 몸이 주변 배경색으로 변할 것입니다. 앞에 망토와는 차원이 다를 겁니다."

재단사는 왕의 허리를 줄자로 두르며 말했다.

"진짜 투명 옷을 만든단 말이오?"

왕은 말할 때마다 배가 실룩거렸다.

"네. 과학적 원리는 똑같고 재료가 바뀔 것입니다. 더 좋은 소재니 걱정 안 하셔도 됩니다. 아무래도 그냥 보자기 같은 망토보다 전하 몸에 맞는 옷을 만들어야 하니 더 많은 시간과 비용이 필요합니다."

"시간과 비용은 얼마든지 주겠소."

"대신 이번에 비용은 선불로 부탁드립니다. 저번에도 후불로 했다가 육지 대한민국에 옷감 대금을 제때 지불하지 못해서 욕을 많이 먹었습니다."

재단사는 왕의 허리에 줄자를 갖다 대더니 밑으로 바지 길이를 쟀다.

"알았소. 선불로 주겠소." 왕도 밑으로 보며 말했다.

"사기 치는 거라면 용서치 않겠다."

옆에서 지켜보던 영의정이 못 믿는 말투로 겁을 주었다.

"궁궐 안에서 작업하는데 제가 어딜 도망가겠습니까? 정 미덥지 못하시면 가끔 들르셔서 옷 만드는 과정을 보셔도 됩니다."

재단사는 이제 꼰대 같은 영의정에 익숙해진 듯 줄자를 거두며 말했다.

"어허, 영의정, 이미 이 사람 기술을 보셨잖소. 이제 더 좋은 재료로 투명 옷을 만들어 준다는데 뭐가 문제요? 혹시 영의정 옷이 없어서 그런 거요? 알았소. 다음에 영의정 걸 만들어 주리다."

왕은 영의정을 쳐다보며 핀잔을 주듯 말했다.

"그게 아니옵고 육지 대한민국에 하도 먹고 튀는 이상한 사기꾼들이 많다고 해서 그럽니다. 돌다리도 두들겨 건너라는 의미에서 말한 것이옵니다."

영의정은 고개를 숙이며 대답했다.

"영의정 마음은 잘 이해하오. 설령 먹고 튀더라도 이 투명 망토라도 건졌으니 손해 보는 건 아니잖소? 너무 걱정 마시오."

## 5. 투명 옷

그 후 재단사는 궁궐 안 작업장에서 부지런히 투명 옷을 만들기 시작했다.

영의정은 궁금하기도 하고 꺼림직하기도 해서 이틀 만에 대호군을 시켜 재단사 쪽으로 보냈다. 대호군은 직책처럼 큰 얼굴에 우락부락해서 상대방을 보고만 있어도 위압감이 장난 아니었다. 영의정은 재단사가 수상하면 바로 안에 인원을 끌어내라고 명령했다.

어흠! 헛기침하며 대호군은 큰 칼을 차고 위엄 있게 작업장으로 들어섰다. 대호군 뒤에는 병졸 둘이 뒤따랐다. 하지만 재단사와 일꾼 둘은 옷을 만드느라 바쁜지 가볍게 인사만 한 채 다시 작업을 했다.

대호군은 자존심이 상했는지 재단사에 다가갔다.

"투명 옷 만드는 건 잘되시오?"

대호군은 물으면서 옷감을 쳐다봤다. 그런데 옷감이 좀 이상했다.

"보시다시피 최첨단 재질이라 좀 특이할 겁니다. 이건 바이닐이라 하지요. 저기 아메리카 대륙 미쿡이라는 나라에서 물 건너서 온 거지요. 철자가 v.i.n… 여기까지!"

재단사는 아는 척하려다 말았다. 대호군은 이놈이 또 과학적 원리를 들먹여 잘난 척하려나 싶어 당장 칼을 뽑고 싶었다.

재단사 앞에는 만들다 만 상의가 놓여 있었다.

"그냥 우리나라 전문 용어로 비닐. 더 쉽게 말해서 비니루라고 하지요."

재단사 옆의 일꾼이 보다 못해 쉽게 말해 주었다.

"비니루? 이 투명한 게 옷감이란 말이오?"

대호군은 비니루 가까이 눈을 가져갔다. 뒤에 병졸 둘도 시장통에 구경 나온 백성처럼 비니루 옷감에 눈이 갔다.

비니루라는 옷감은 뒤가 다 비칠 정도로 투명했다. 재단사는 만들다 만 상의를 두 손으로 들어 올려 자기 얼굴을 감쌌다. 그리고 그 상태로 대호군 얼굴 앞에 다가갔다. 재단사와 대호군이 옷감을 사이에 두고 서로 얼굴을 마주했다.

"이렇게 보니 나으리 얼굴이 정말 크군요, 허허."

재단사는 투명 옷을 관통하는 눈빛과 함께 농담을 투과시켰다. 정통으로 농담을 맞은 대호군은 칼을 쥔 왼손에 힘이 들어갔다. 오른쪽 손가락이 간질거렸다. 안 그래도 어려서부터 대가리라 불렸다.

그때는 바로 멱살을 쥐고 이종격투기를 했다. 하지만 바로 반격을 하면 대가리를 인정하는 것 같아 이제는 말로써 맞받아치며 응수했다.

"늘 듣던 얘기라 아무렇지도 않소. 재단사 양반은 가까이서 보니 정말 얼굴도 작고 허옇소. 육지가 살기 좋긴 좋은 모양이오. 허연 얼굴이 마치 백설기 같소. 우리 집에 남은 꿀이 있는데 찍어서 한 입 베어 먹고 싶은 얼굴이오. 허허."

대호군은 왼손, 오른손 모두 힘을 풀며 고개를 돌려 병졸 둘을 보며 웃었다. 마치 웃음에 동참하란 듯이. 병졸 둘도 오버해서 고개를 쳐들고 웃었다. 쳐든 콧구멍 사이로 코털이 삐죽 나올 정도였다.

"제가 보인단 말씀입니까 나으리?"

재단사는 굳은 얼굴로 꼬투리를 잡았다는 표정으로 물었다.

아차! 착한 사람 눈에만 보이지 않는다는 걸 깜빡했구나!

대호군은 왠지 재단사의 모략에 넘어간 것 같아 다시 양손에 힘이 들어갔다. 왼손에 든 칼이 약간 들렸다. 뒤에 병졸 둘도 입을 꽉 닫아 버렸다. 셋은 모두 눈알이 흔들렸다.

"아, 하하하하하!!"

이번엔 재단사가 고개를 쳐들고 웃었다. 쳐든 콧구멍 사이로 먼지 같은 콧물이 튀어나와 투명 옷에 튀었다. 재단사는 한 번 훌쩍거리고는 투명 옷을 급히 소매로 닦았다.

"이 귀한 옷에, 이런! 이건 비밀이오, 나으리!"

재단사는 투명 옷을 내리며 다시 말을 이었다.

"사실은 아직 완성된 옷이 아니라서 보일 수 있습니다. 괜한 농담으로 심려를 끼쳐 죄송합니다, 나으리."

재단사는 고개를 숙여 사죄했다.

"어흠! 난 또 간이 콩알도 아닌 모래알만 해졌잖소? 순간 내가 나쁜 놈으로 찍힐 뻔했소. 허허허."

대호군은 조금 전보다 더 크게 웃으며 뒤를 돌아봤다.

뒤에 병졸 둘도 이번엔 목젖이 보여라 웃었다.

"나중에 다 만들면 그때는 진짜 안 보일 것입니다. 나으리께서 나쁜 마음만 먹지 않으시면 됩니다."

재단사는 웃으면서 시선은 대호군 왼손에 칼을 응시했다. 대호군도 눈치챘는지 왼손에 다시 힘을 빼며 칼을 늘어뜨렸다.

"걱정 마시오. 며칠 전 궁궐 안과 궁궐 밖에서도 난 투명 망토가 안 보였잖소? 나도 몰랐는데 원래 내가 천성이 착한 사람이었소. 하하하!"

대호군은 병조판서만큼이나 호탕하게 웃었다.

"좋습니다. 상의는 모레쯤 될 것 같고, 하의까지 다 만들려면 좀 더 걸릴 거라 전하께 전해 주십시오. 그리고 다른 신하들도 보고 싶으면 언제든지 오셔도 좋다고 전해 주십시오."

"그렇게 전하지요."

"단, 여러 명이 오지 말고 나눠서 오라고 해 주십시오. 작업장이 소란하면 저희가 집중이 안 돼 그럽니다. 저번에 깜빡하고 말씀을 못 드렸는데 저희가 착한 마음으로 만들어야 투명 옷이 제 기능을 발휘합니다. 그러려면 고도의 집중력이 필요해서요."

"알았소. 똑똑히 전하지요."

대호군은 돌아서며 조금 전 상황을 생각하니 땀이 날 것 같아 걸음을 재촉하며 나갔다.

대호군은 보고 들은 그대로 영의정에게 보고했다.

영의정은 직접 가 보고 싶은 마음이 굴뚝같았다. 하지만 괜히 갔다가 투명 옷이 보인다면 체면이 말이 아닐 것 같아 망설였다. 그래서 이틀 뒤, 대호군을 또 불렀다. 상의가 완성됐는지, 그리고 진짜 안 보이는지 확인하라고 지시했다.

대호군은 꺼림직했지만 호기심이 발동하여 잘됐다 싶었다. 그저께 갔을 때 자신은 천성이 착하다고 마음을 굳혔기에 모든 게 당당했다. 오히려 서해도 최초로 투명 옷을 봤다는 생각에 신이 났다.

대호군은 병졸 둘을 데리고 빠른 걸음으로 작업장으로 향했다. 재단사는 대호군을 반갑게 맞이했다.

"드디어 상의가 완성됐습니다. 나으리!"

재단사가 상의를 자기 상체 몸에 대며 확 펼쳐 보였다.

대호군과 병졸 둘은 앞에 투명 옷을 유심히 살폈다.

젠장! 이번엔 안 보여야 되는데 왜 보이는 거야?

대호군 눈빛은 비닐을 통과하여 재단사 검은 옷만 눈에 띄어 낭패였다. 뒤에 병졸 둘도 헛것이 보이는지 눈을 깜빡거렸다.

"안 보일 테니 설명을 드리지요. 얼굴을 최대한 가리도록 뒤에 모자를 만들었습니다."

재단사는 뒤에 달린 모자를 들어 보여 주었다.

"아, 안 보이시지." 재단사는 헛기침을 한 번 했다.

"목 부분은 옷깃이 없이 둥근 라운…, 그냥 둥글게 처리했고, 양팔은 긴 팔로 소매 넓이도 현대식처럼 좁게 했습니다. 밑부분은 허리 벨…, 그냥 허리띠를 덮을 정도의 길이입니다. 테두리 전체를 실로 꿰맨 것처럼 보이지만 육지에서 한때 이런 옷이 유행이어서 따라 해 봤습니다."

대호군은 설명은 귀에 들어오지 않고 눈앞 비니루에 실밥을 따라 두른 윤곽이 뚜렷이 보여 동공에 지진이 일어났다.

보인다고 솔직히 말할까?

그러기엔 그동안 자신한테 배신을 하는 것 같아 망설였다.

이러다가 남은 다 안 보이는데 자신만 보인다고 하면 착하지 못한 인간이라고 욕먹을 게 뻔했다.

"어떻습니까?"

재단사는 투명 옷 너머로 대호군을 쳐다보며 물었다.

대호군은 옷이 멋지게 보인다고 할 뻔하다 입을 꾹 닫았다.

재단사는 대호군 큰 대가리를 몇 초간 쳐다봤다. 대호군은 이 순간만큼은 자신이 투명 옷을 뒤집어쓰고 여길 벗어나고 싶었다.

"망설이는 걸 보니 역시 나으리께서는 정직하십니다. 축하드립니다. 합격입니다!"

재단사와 일꾼 둘은 합격의 박수를 쳤다.

대호군과 뒤에 병졸 둘은 영문을 몰라 어리둥절했다.

"사실 이 비니루 투명 옷이 눈에 보이실 겁니다. 전에 말했지만 옷을 입으면 몸이 보이지 않습니다. 지금은 제가 상체에 살짝 대기만 해서 그런 겁니다. 그저께보다 좀 더 심각하게 농담을 던져 봤습니다. 용서하십시오."

재단사는 이번엔 진짜 미안하듯 고개를 살짝 숙였다.

"네 이놈이!"

대호군은 조금 전까지 온몸에 땀이 난 걸 생각하면 당장 재단사를 베고 싶었다.

"감히 또 나를 시험하려 했느냐? 고얀 놈!"

대호군은 참지 못하고 칼을 꺼내들어 재단사 얼굴에 들이댔다.

"진정하십시오, 나으리! 다 이유가 있습니다."

재단사는 목에 칼이 들어오자 조금은 떨리는 목소리로 답했다.

"뭔 이유란 말이냐?"

대호군은 칼을 더 들이대며 목에 갖다 댔다.

"제가 이 일을 하면서 수많은 사람의 거짓말을 봐 왔습니다. 남을 속이고, 남에게 속고, 심지어 자기 자신까지 속이는 것을요…. 육지에서는 자신이 착하지 못할까 봐 일부러 안 보인다고 거짓말하는 사람이 많았습니다. 하지만 여기 사람들은 순수한 마음을 가진 사람이 더 많습니다. 오늘 나으리를 보면서 확신을 가졌습니다. 나으리는 제가 시험한 걸 그저께도 통과했고, 오늘도 통과했습니다. 어려운 관문을 통과한 최초의 착한 분이십니다."

대호군은 칭찬에 우쭐했는지 목에 칼을 슬쩍 뺐다.

"사실, 나도 잠시 망설였다."

대호군은 칼을 천천히 집어넣었다.

"그건 부끄러운 게 아닙니다. 인간이면 누구나 가지는 마음입니다. 방금처럼 잘못된 것에 부끄러운 마음을 가진다면 그게 착한 마음씨지요. 이제 나으리는 제가 이 투명 옷을 입는다면 절대 보이지 않으실 겁니다. 이젠 자신 있게 보이지 않는다고 말하셔도 좋습니다. 왜냐하면 착해서 이 투명 옷이 보이지 않을 수밖에요."

대호군은 고개를 끄덕이며 땀이 나는 몸을 겨우 진정시켰다.

재단사는 투명 옷 상의 소매에 자신의 양손 팔을 집어넣고 휙 돌리며 옷을 멋있게 입었다.

"제가 전하보다 먼저 입었단 건 절대 비밀입니다."

재단사는 옷매무새를 가다듬었다. 그리고 모자를 당겨 얼굴에 덮어썼다. 소매를 당겨 손도 감췄다. 보여야 할 거라곤 얼굴과 하체뿐이었다.

"자! 어떻습니까? 이제 제 상체는 안 보이지요?"

재단사는 해맑게 웃으며 어서 말해 보라고 대호군만 쳐다봤다. 대호군은 눈앞이 아른거려 어지러웠다.

아니, 이건 아까 봤던 투명 옷 잔상인가? 왜 또 보이는 거야? 왜! 왜!

대호군은 눈을 크게 감았다가 다시 떴다. 투명 옷 안에 재단사 상체 검은 옷이 또 보였다.

도대체 어찌 된 일이지?

"많이 놀라셨나 보군요. 하기야 중간 몸통이 사라지고 얼굴과 하체가 분리된 것 같아 귀신 같으실 겁니다."

재단사는 여전히 대호군 마음속은 무시하고 혼자 떠들어 댔다. 대호군은 눈앞에 옷 테두리에 실을 꿰맨 상의를 보며 다시 온몸에 땀이 났다. 오늘 오전 마누라에게 쌍욕을 하며 싸워서 그런 것 같기도 했다.

보인다고 해야 하나? 안 보인다고 해야 하나?

"바지까지 만들어 입으면 더 놀라시겠군요."

재단사는 장난치듯이 한 바퀴 돌아 이리저리 작업장을 뛰어다녔다. 대호군은 얼굴과 다리만 보여야 된다고 자신을 세뇌시켰다. 보이는 상체는 눈에 넣기 싫었다.

젠장이로다!! 어찌할꼬!!

"재단사 양반, 어지러우니 잠깐만!"

대호군은 숨을 한번 들이쉬고는 투명 옷을 바라봤다.

"지난번 투명 망토하고는 느낌이 정말 다르오. 이게 더 극사실적이야!"

대호군은 연기를 택하기로 했다.

"재단사 양반, 정말 대단하오! 보이지 않으니 여전히 무섭소. 허허."

대호군은 이제 엎질러진 물 신세였다.

"너희들은 혹시 보이는 건 아니겠지?"

대호군은 뒤의 병졸들에게 물었다. 병졸들도 마음이 들킬까 봐 안 보인다고 했다.

"역시 모두들 착하시군요." 재단사가 셋을 보며 칭찬했다.

"난 바빠서 이만 가 볼 터이니 수고하시오!"

대호군은 일단 여길 벗어나서 마음 정리를 해야 했다.

"잠깐만요!" 재단사가 대호군을 급히 불렀다.

대호군은 뭔가 들킨 것처럼 급히 걸음을 멈추자 심장도 멈출 것 같았다.

"절대 제가 시험한 것을 남한테 알리시면 안 됩니다. 이렇게 해야 진정 착한 사람을 알 수 있답니다. 나랏일 하는 신하들이 나쁜 마음을 먹는다면 어찌 이 나라가 잘되겠습니까?"

대호군은 뜨끔했다.

"앞으로 시험에 통과한 착한 신하만 기억했다가 왕께 알리면 왕도 그 사람을 중용할 것입니다. 나으리는 아마 첫 번째로 제가 추천한 신하가 될 것입니다."

재단사는 대호군을 향해 믿음의 미소를 급행으로 보냈다.

대호군은 미소를 즉시 수령하고 너털웃음을 지었다.

"만약 남한테 이걸 말해 버리면 모든 신하가 착한 척하게 되어 나라는 더 혼란에 빠지게 될 것입니다. 당연히 나으리께서 왕의 총애를 받을 가능성이 확 줄어들겠지요. 나으리의 승진을 위해서라도 절대 누설하지 말아 주십시오."

대호군은 고개를 끄덕였다.

대호군은 돌아와서 영의정과 여러 신하들에게 몸짓을 섞어 가며 실감나게 설명했다.

"며칠 내로 하의도 완성될 터이니 그때도 저를 보내 주십시오."

대호군은 맞을 들였는지 한 번 더 확인하고 싶었다.

하지만 영의정은 두 번이나 갔다 왔으니 자신이 가 보겠다고 했다.

"넌 이미 착하다고 몇 번이나 통과했는데 뭐가 그리 궁금하느냐? 이젠 너는 모두가 인정하는 착한 신하이니라. 네 본분에 충실하거라."

대호군은 더 이상 말을 못 하고 자신이 완전 착한 걸로 세뇌시켰다.

다음은 영의정이 곧바로 행차했다. 아부꾼 우의정이 함께 가자고 떼쓰는 걸 떼어 내고 재단사 요청대로 혼자 갔다. 아무도 대동하지 않았다. 대호군이 이미 투명 옷을 보고 안 보인다고 한지라 영의정도 자신 있었다.

영의정에게도 재단사와 일꾼들이 상의와 하의를 들어 보이며 자랑하듯 보여 주었다.

"비니루라 했는가?"

영의정은 옷을 보고는 곧 대호군처럼 가슴이 뛰기 시작했다.

재단사는 대호군에 했던 것과 똑같이 시험을 했다. 비니루 옷을 펼쳐 보이며 보이느냐고 묻자 영의정 얼굴은 테러당한 표정이었다.

왜 난 훤히 다 보이지?

역시 재단사가 호탕하게 웃으며 다 설명해 주자 영의정은 온몸의 근육이 풀려 버렸다.

"예끼, 이놈이!"

"이제 제가 입어 볼 테니 솔직히 말씀해 주셔야 합니다. 참고로 대호군은 잠깐 놀랐다가 바로 안 보인다 하더군요. 정말 착한 사람이었습니다. 나으리도 명색이 영의정이시니 하늘이 두 쪽 나도, 땅이 무너져도, 개가 배꼽 잡고 웃어도 절대 절대 안 보이실 겁니다. 자! 사라지는 제 모습을 보십시오."

영의정은 바짝 긴장하고 옷을 입기만을 기다렸다. 재단사는 그 자리에서 상의와 하의를 단번에 입었다.

"영의정 나으리는 상하의 둘 다 안 보이는 옷을 최초로 접하는 분이 될 겁니다."

재단사는 팔을 벌리며 보란 듯이 영의정을 쳐다봤다.

영의정의 동공에 쓰나미가 몰아쳤다. 영의정은 재단사의 검은 옷을 피해 눈길을 옆으로 잠깐 돌렸다가 다시 정면을 쳐다봤다.

재단사는 또 영의정의 테러당한 얼굴 반응에 속으로 흐뭇해했다.

"역시 대호군과 같은 반응이시군요. 오리지널 투명 옷이니 놀랄 수밖에요."

영의정은 얼른 정신을 차렸다. 대호군한테 지기 싫었다.

"오! 대호군 마음을 이해할 것 같소. 한 박자 쉬고 보니까 진짜 안 보이는 게 실감이 나오."

영의정은 대호군보다는 더한 발연기를 발휘했다.

재단사는 박수를 치며 "역시 나으리도 착하신 분인 게 틀림없습니다." 하며 영의정을 추켜세웠다.

영의정은 돌아오면서 찝찝했지만 누구에게 하소연할 수 없었다.

다른 신하들도 틈날 때 가서 테스트를 받았다. 모두 억지 통과였다.

영의정은 왕에게 보고하기를 여러 명 신하가 옷이 보이지 않아 또 놀랐다고 했다.

"다들 안 보인다니 나도 빨리 입어 보고 싶구나!"

### 6. 착한 마음 캠페인

드디어 투명 옷을 왕에게 보여 줄 차례였다.

다들 예전처럼 근정전 밖에서 도열했다.

"전하! 날씨가 점점 더워져 이 비니루 두께를 얇게 만들었습니다."

재단사는 한 손에 상의를, 한 손엔 하의를 들어올렸다.

사람들은 어서 빨리 옷을 입어 보기를 고대하는 눈치였다. 재단사는 왕에게 다가가 투명 옷을 아래위로 왕의 몸에 갖다 댔다.

"어흠!" 왕은 정면으로 쳐다보며 사람들 반응을 살폈다.

이번엔 어떤 감탄사도 나오지 않았다. 사람들은 다들 자신들의 눈과 마음씨를 의심했다. 왕은 기대했던 감탄사가 즉시 나오지 않자 뻘쭘했다. 너무 놀라서 그런가 싶기도 했지만 지난번 반응과 달라 뭔가 이상했다.

"다들 금 모으기 운동 하시오?"

왕은 이리저리 둘러보며 못마땅한 듯한 표정을 지었다.

사람들은 더 입을 다물고 영문을 몰라 왕만 쳐다봤다.

"'침묵은 금이다'라는 말이 있지 않소? 왜 침묵만 지키냐는 말이오!"

왕은 답답함과 동시에 자신의 수준 높은 농담에 감탄했다.

여전히 신하들 답이 없자 왕은 눈을 깔아 얼른 아래를 쳐다보고는 고개를 들었다. 튀어나온 배가 얼핏 보였다. 아무렇지도 않은 척 앞을 봤다.

그러자 왼쪽에 있던 정직한 좌의정이 조심스레 손을 들었다.

"전하! 이번에도 저만 이상한 것 같습니다. 저만 전하 몸이 보이는 겁니까?"

좌의정은 송구한 듯 고개를 숙인 채 물었다.

"전하 얼굴과 손, 발만 빼고 몸이 안 보여야 되는데 저만 다 보이냔 말입니다. 이번엔 진짜 제가 착하지 못한가 봅니다. 으흑흑."

좌의정은 고개를 들어 왕 쪽을 슬쩍 보며 다시 고개를 숙였다. 좌의정 눈에 눈물이 고여 눈물은 곧 번지점프를 할 것 같았다.

다들 웅성거렸다. 다들 뭔가 할 말이 있는 듯 손을 들랑말랑 했다. 이미 작업장에 다녀간 신하들은 그저 속으로 웃고만 있었다.

"아하하하하! 역시 좌의정이십니다. 모두 다 보여야 정상이지요. 제가 잠시 여러분 반응을 떠 봤습니다."

재단사는 사람들을 둘러보며 말했다.

그러자 온 사방에서 또 웅성거렸다.

"저번에 말했지만 이 투명 옷은 입어야 비로소 보이지 않는 것입니다. 정확히 말하면 얼굴과 손, 발은 나와 있으니 예외로 보이게 되겠지요. 원래 과학적 원리를 설명하면… 아, 다들 머리에 쥐가 날 것 같아 생략하겠습니다. 금 모으기 운동 했다고 너무 부끄러워할 필요 없습니다. 여러분은 이미 저번에 겪은 것처럼 모두 다 천성적으로 착한 마음씨를 타고났습니다. 잠시 당황해서 그러니 이해합니다. 허허허."

재단사는 능청스럽게 웃었다.

"아, 어쩐지. 난 여러분들이 보이지 않는다고 거짓말했으면 어쩌나 당황했소. 허허."

왕은 애써 침착하게 말했다. 그제야 다들 굳었던 얼굴이 풀어지며 입가에 웃음이 번졌다.

"이제 완전히 옷을 입어 보면 알 것입니다. 전하! 날씨가 더워서 이 비니루가 조금 더 더울 수도 있습니다."

재단사는 두 손으로 옷을 왕한테 건넸다.

"다들 잠시만 기다리시오. 내 곧 갈아입고 오리다."

이미 작업장에 다녀온 신하들이 이번에도 보이면 어쩌지 하며 가슴이 조마조마했다. 하지만 주사위는 던져졌다. 이미 보이지 않는다고 했고, 재단사와 왕도 그렇게 굳게 믿고 있고, 무엇보다 착한 사람으로 이미지가 박혔다. 이제 와서 보인다고 하면 무슨 망신이란 말인가? 무조건 안 보인다고 우기며 밀고 나갈 수밖에 없었다.

왕은 급했는지 탈의실로 들어가자마자 겉옷을 훌러덩 벗어던졌다. 모시 난닝구도 벗었다. 김 내관이 옷을 건네자 낚아채듯 재빨리 걸쳤다. 그리고 거울을 봤다. 미소를 지으며 씨익 웃었다. 그다음은 바지를 벗었다. 빤쥬는 명품이 아닌 이름 없는 사각 빤쥬였다. 김 내관은 빤쥬가 명품이 아닌 것에 살짝 놀랐다.

왕이 바지를 얼른 입었다. 김 내관은 얼굴이 굳어졌다.

설마 나만 보이는 건가? 물어볼 수도 없고, 돼지 같은 몸이 보인다고 말할 수도 없고 난감했다. 김 내관은 평소 살찐 왕의 몸이 불만족스러웠는데 이렇게 맨살을 보니 토할 것만 같았다.

"거울에 얼굴과 손과 발만 둥둥 떠다니니 무서운가 보오?"

왕은 거울을 보며 김 내관에게 물었다.

"아, 네. 진짜 투명 옷인 데다 얼굴과 손, 발이 떠다니니 더 무섭습니다."

김 내관도 착한 마음 캠페인에 동참하기로 했다. 김 내관은 왕을 똑바로 쳐다보지 못하고 고개만 숙였다.

왕은 뒤로 돌아 뒤태도 봤다.

"봐도 봐도 보이지 않으니 무섭고 신기하단 말이야. 자! 나가지."

김 내관은 말리고 싶었지만 걸음은 뒤를 따르고 있었다. 밖에 있던 신하들은 착한 척하며 서로 억지 미소를 보였다.

"전하 납시오!"

헛!

허억!

우웩!

가까이 있는 신하들은 최대한 소리를 줄였고, 저 멀리 궁녀들은 손으로 입을 가리거나 두 손으로 잠시 얼굴을 가리는 척했다. 서로 티를 내지 않으려고 표정 관리하기 바빴다.

"내 얼굴과 손, 발만 보일 거요. 대단하지 않소?"

왕은 신하들 표정을 보며 자랑했다.

작업장에 다녀간 신하들은 이번에 또 보이니 눈알과 머릿속이 흔들려 전하를 똑바로 쳐다볼 수가 없었다. 다들 누군가 안 보인다고 소리쳐 주면 맞장구치기로 마음먹었다.

"그렇고말고요! 정말 신기합니다. 며칠 전에 봤을 땐 좀 섬뜩했는데 또 보니 이제 재밌습니다. 육지가 이런 신기한 옷을 만들다니요!" 아부꾼 우의정이 제일 먼저 칭찬했다.

"그렇습니다 전하! 뒤에 옥좌 배경색과 똑같습니다." 이조판서도 칭찬했다.

그러자 다들 서로를 쳐다보며 대단한 옷이라고 칭찬했다.

정직한 좌의정은 또 입이 간질거렸다. 이번에도 보이는데 다른 뭔가가 있나 싶었다.

눈치챈 영의정이 옆에 있던 좌의정 옆구릴 툭 쳤다.

"그냥 잠자코 있는 게 좋을 듯하오. 또 나섰다간 너무 나댄다고 찍힐 수 있소. 이번에 또 보인다고 하면 정말로 좌의정은 착하지 못한 사람으로 낙인찍힐 것이오."

좌의정은 머뭇거리며 일단 지켜만 봤다.

"이제 내일 궁궐 밖으로 행차할 일만 남았소. 내일 아침 7시요. 일찍 준비하시오! 우리 착한 백성들이 놀라는 반응을 아침부터 보고 싶소. 여러분도 그렇지 않소?" 왕은 웅변하듯 신하들 대답을 유도했다.

"네." 다들 짠 듯 대답했다.

다음 날 개운한 기분으로 일어난 왕은 백성들에게 보여 줄 생각에 아침도 거르고 바로 탈의실로 갔다. 김 내관은 또 뚱땡이 살을 봐야 한다는 생각에 징그러웠다.

왕은 역시 훌러덩 벗고 사각 빤쮸만 입었다. 역시 오늘 빤쮸도 사치품이 아닌 이름 없는 빤쮸였다. 그런데 자세히 보니 옆이 터져 구멍이 나 있었다.

"전하, 빤쮸는 갈아입으심이 어떨는지요?" 김 내관은 구멍 난 곳을 보며 말했다.

"어차피 안 보이는데 뭔 상관. 난 이때까지 보이는 겉옷만 사치를 했지, 속옷은 전혀 아니라오. 나름 근검절약했소."

왕은 자랑스러운 듯 거울을 보며 비니루 투명 옷 상의를 입었다. 왕은 바지까지 입고 거울을 한번 보고 뒤로 돌아서며 "이 옷 어떻소?" 하며 김 내관에게 물었다. 김 내관은 눈 둘 곳을 몰라 고개를 숙이며 머뭇거렸다.

"아, 안 보이지. 습관이 돼서 내가 착각했소."

왕은 보이지 않는 걸 알면서도 거울 앞에 서서 아래위로 훑어 내렸다.

"자, 갑시다. 아침부터 백성들에게 멋진 모습을 보여 주게 되어 기쁘오. 아마 다들 아침 밥맛이 꿀맛일 거요."

왕은 당당하게 나섰다.

신하들은 혹시나 하는 마음으로 내심 기대했지만 역시나였다. 당당하게 알몸이 보였다. 자신만 착하지 못하다는 생각에 다른 사람과 허심탄회하게 얘기도 못 했다. 속으로는 자기만 착했던 마음이 변했나 싶었다.

정직한 좌의정이 또 나서려고 했지만 이 분위기를 깰 수가 없었다.

왕이 가마를 타고 궁궐 문으로 향했다. 뒤따르는 신하들은 속으로 심장이 엇박자로 날뛰었다.

신하들은 왕이 궁궐 밖으로 나가는 순간 백성들도 착한 마음 캠페인에 동참하기를 바랐다. 백성들 대다수가 보인다고 말하는 일은 절대 없어야 한다. 우리 백성들이 진정 착한 사람이기만을 바랄 수밖에 없었다. 만일 착하지 못해서 보인다고 한다면 신하들은 오늘은 백성이 잠깐 나쁜 마음을 먹었다고 우길 참이었다.

궁궐 밖에는 백성들이 말 그대로 진짜 투명 옷을 본다는 생각에 아침도 거르고 나왔다. 지난번에 착한 백성이라는 자부심을 이번에도 확인하고 싶었다.

왕은 역시 놀래려고 모자를 당겨 완전히 덮어쓰고 몸을 웅크린 채 최대한 몸을 감췄다. 소매도 당겨 손을 감추고 바지는 밑으로 당겼지만 신발은 반 정도 보였다. 웅크린 몸이 꼭 멧돼지 같았다. 궁궐 문이 열리고 가마가 나왔다.

왕은 백성들이 어떤 답을 줄지 예상했다. 며칠 전 기출문제를 접했으니 답변은 뻔했다.

거의 빈 의자만 보이니 또 놀라겠지!

"헉!"

백성들의 짧고 굵은 한마디가 이 하늘과 땅을 장악했다.

지난번처럼 멀리서 웅성거리는 소리는 나지 않았다. 아낙네들은 얼른 눈을 내리깔거나, 손으로 입을 가렸다. 일부는 당당하게 눈을 떴다.

이때 아니면 언제 왕의 알몸을 보랴!

왕은 투명 옷 속에서 긍정적 상상을 했다. 빈 의자만 보이니 헉! 하는 소리만 나올 수밖에.

100퍼센트 기출문제 적중률이었다.

하지만 백성들은 잘못된 답을 보냈다. 며칠 전과 같은 기출문제가 아니니 답도 다를 수밖에. 함정 문제에 빠지고 말았다. 출제자의 의도를 전혀 파악할 수 없는 난이도 실패의 문제작이었다.

재단사도 백성들 틈에 끼여 멀리서 지켜보고는 웃음이 터질 뻔했다. 저 폼은 마치 로댕의 생각하는 놈, 아니면 영화 터미네이터 등장 장면의 알몸이었다.

뭐 이런 포포몬쓰가!

백성들은 이젠 알몸보다 비니루 옷감이 더 신기했다.

왕은 천지도 모르고 잽싸게 고개를 들면서 모자를 휙 벗었다. 다들 아무 말도 못 하고 그대로 쳐다봤다.

맨 앞 오른쪽에 호위무사와 왼쪽의 김 내관은 얼굴이 더더욱 붉어졌다. 백성들은 눈 둘 곳을 몰라 양옆 신하들에게로 향했다. 신하들은 자신들이 벌거벗은 듯했다. 백성들의 눈빛이 성희롱하는 눈빛으로 느껴질 정도였다. 좌의정은 자신만이 계속 왕의 알몸이 보여서 부끄러운 줄 알았다.

얼음처럼 굳은 백성들을 향해 왕은 소매에서 손과 발을 흔들어 분위기 전환을 시도했다. 멀리서 보던 백성들은 계속 쳐다봤지만 왕이 가까이 지나갈수록 백성들은 눈길을 돌리고 고개를 숙여 버렸다. 옆에 신하들도 숙였다.

"나 여기 있소! 마음껏 보시오!" 왕은 얼굴을 흔들흔들했다.

잠시 뒤 왕은 지나갈수록 느낌이 묘했다. 왠지 등신 취급받는 느낌? 왕은 고개를 돌려 옆에 신하들을 보았다. 신하들은 절대 자신과 눈이 마주치지 않았다.

"헤헤헤!" 그때 오른쪽 앞에 어린아이가 웃었다.

묘한 분위기를 가루처럼 갈아 버리는 웃음이었다.

엄마가 얼른 입을 막았다.

"잠깐!" 왕이 손을 들어 가마를 세웠다.

엄마는 아이를 감싸며 벌벌 떨었다.

"왜 웃느냐?" 왕이 아래로 내려다보며 물었다.

"아, 아무것도 아닙니다, 전하! 우리 애가 원래 웃음이 많습니다." 엄마는 고개를 조아리며 말했다.

아이는 할 말이 있는 듯했지만 엄마 손이 계속 막았다.

왕이 손을 들어 손짓을 하며 가자고 했다. 조금 더 갔을 때였다.

"아하하하!!" 이번엔 왼쪽 앞에 어린아이가 더 크게 웃었다.

역시 엄마가 아이 입을 막았다.

"잠깐!" 왕이 손을 들어 가마를 세웠다.

"너는 왜 웃느냐?" 왕은 어린아이 얼굴을 보며 물었다.

"아무것도 아닙니다, 전하! 애가 조금 전 거울을 보고 나와서 그런가 봅니다."

왕은 아이 얼굴을 갸우뚱하며 보았다. 웃기긴 웃기게 생겼다. 왕은 갸우뚱하더니 다시 손짓을 하며 가자고 했다.

"으헉헉!" 이번엔 오른쪽에서 큰 아이가 울었다. 나이가 열네댓 되어 보이고 똑똑해 보였다.

옆에 아버지가 팔꿈치로 아이 옆구리를 치며 눈치를 주었다.

"또 잠깐!" 왕이 손을 들었다.

"설마 너는 거울을 보고나서 슬퍼서 우는 거냐?"

왕은 아이 얼굴을 자세히 쳐다봤다.

"아닙니다, 전하! 애가 아침도 못 먹고 나와서 배가 고팠나 봅니다."

아버지가 얼른 대답했다.

"다 큰 아이가 배가 고파서 운다고?"

왕은 아무래도 아니다 싶어 가마에서 내렸다.

아버지는 두 발을 꼼지락 거리며 고개를 떨궜다.

"솔직히 말하거라!"

아이는 아버지의 눈치에도 불구하고 왕을 쳐다보며 입을 열었다.

"제가 죽을죄를 지었습니다, 전하! 며칠 전 착했던 마음이 오늘 아침 변했나 봅니다. 다 보입니다, 전하!"

"뭐라! 내가 보인다고? 정말이더냐?"

왕은 아래를 보며 자신의 몸을 훑었다. 여전히 툭 튀어나온 배가 보기 싫었지만 모르는 척했다. 아버지가 다시 아들 옆구리를 쳤지만 소용없었다.

"네. 외람되오나 구멍 난 빤쥬까지 다 보입니다."

모두들 웅성거리면서 속으론 속이 시원했다.

임금은 돌아섰다. 조금 전 웃었던 오른쪽 어린아이에게 다가갔다.

"너도 내가 보여서 웃었느냐?"

엄마는 다시 아이 입을 막았다. 어린아이는 웅얼거렸다.

"당장 손을 떼거라!" 왕은 인상이 험악해지며 명령했다.

엄마가 손을 떼자 아이 표정이 울상이었다.

"솔직히 말해도 된다. 보이면서도 안 보인다고 거짓말하는 건 착한 아이가 아니다. 보이는 걸 보인다고 말할 줄 알아야 착한 아이란다."

"네. 보입니다." 어린아이는 주눅이 든 목소리로 대답했다.

맞은편 왼쪽 어린아이한테도 똑같이 물었다.

"네. 보입니다."

두 엄마는 죽을죄를 지은 듯 손을 내리며 고개를 숙였다.

왕은 뒤로 신하들을 쳐다보며 가마로 걸어갔다.

"그대들도 내가 보이시오?" 왕은 굳은 얼굴로 물었다.

다들 무슨 말을 해야 할지 몰랐다. 아무나 대답해 주길 바랐다.

"전 보이지 않습니다!" 역시 우의정이 먼저 말했다.

"네. 저도 보이지 않습니다. 저 아이들은 오늘 아침 마음이 변했나 봅니다." 대호군이 얼굴하나 변하지 않고 말했다.

"병조판서도 내가 안 보이시오?" 왕은 평소 마음에 들지 않았던 병조판서를 노려보며 물었다.

"당연히 저도 안 보입니다." 병조판서는 험상궂게 생긴 얼굴답게 당당히 말했다.

다른 신하들도 뒤질세라 안 보인다고 말했다. 왕은 가마 양옆에 호위무사와 김 내관을 쳐다봤다. 호위무사는 평소답지 않게 얼굴이 굳은 표정이었다. 김 내관은 오늘따라 허리를 더 굽힌 채 왕을 쳐다보지 못했다.

"김 내관, 진짜 내가 안 보이시오?"

"네, 네. 정말 안 보입니다." 김 내관은 말을 떨며 대답했다.

왕은 옆에 호위무사에게로 바짝 다가갔다. 호위무사는 무표정했지만 속으로는 긴장했다.

"그대도 내가 안 보이는가?"

"네. 그러하옵니다, 전하!" 호위무사도 무사답게 밀어붙이기였다.

왕은 호위무사 얼굴을 몇 초간 바라봤다.

챙!

왕은 손을 재빨리 뻗어 호위무사 칼을 꺼냈다.

긴장했던 호위무사는 대처를 하지 못하고 칼집만 뒤늦게 잡았다. 다른 신하들은 입을 쩍 벌렸다. 왕은 칼을 들어 호위무사 목에다 갖다 댔다.

"이래도 내가 안 보이는가?"

"네. 절대 보이지 않습니다, 전하!" 역시 호위무사다웠다.

목에 칼이 들어와도 일관성 있는 행동이 어쩐지 왕은 마음에 들었다.

쓱!

이번엔 칼을 김 내관은 목에 갖다 댔다. 김 내관은 저도 모르게 모가지를 빳빳이 들었다.

"저, 저도 절대 안 보입니다." 김 내관은 묻기도 전에 고개를 든 채 벌벌 떨며 대답했다.

"고개는 숙이지 말고 그대로 있거라."

왕은 칼을 내리더니 호위무사 칼집에 넣어 주었다.

뒤에 신하들 얼굴을 쳐다봤다. 다들 자신한테 질문할까 봐 시선을 피했다. 왕은 오른손 소매를 잡아당겨 오른손을 소매 속에 집어넣었다.

쓰윽!

왕은 오른손을 소매 속에 감춘 채 그대로 뻗어 김 내관 싸다구를 때리려고 했다. 그 순간 김 내관은 눈을 감고 고개를 돌려 버렸다.

"네 이놈! 내시 주제에 감히 나한테 거짓말을 하는가?"

김 내관은 아차 싶었다.

"전하! 저도 보입니다. 처음 구멍 난 빤쮸 때부터 보였습니다. 죽을죄를 지었습니다!" 좌의정이 그 자리에 엎드리며 털어놓았다.

왕은 백성을 향해 돌아섰다.

"백성들은 솔직히 말하거라. 거짓말은 곧 죽음이다!"

백성들은 하나같이 눈을 맞추지 못하고 웅성거렸다.

"죽을죄를 지었습니다." 누군가 엎드리며 말했다.

"황송하옵니다, 전하" 또 누군가 엎드리며 말했다.

다들 엎드렸다.

뒤에 신하들이 난감했다. 계속 우길 것인가? 솔직히 말할 것인가?

"전하! 혹시 투명 옷이 불량이 아닐는지요?"

영의정은 핑곗거리를 만들고 싶었다.

"말도 안 되는 소리 하지 마라! 쪽팔려 죽겠다. 빨리 들어가자!"

왕은 얼른 옥좌에 몸을 웅크리고 앉았다. 로댕인지 오뎅인지 행위예술이 죽여줬다.

"김 내관! 빨리 옷이나 벗어 주시오!"

왕은 몸을 웅크린 채 곁눈질로 손만 김 내관한테 내밀었다.

김 내관은 본능적으로 옷을 감싸며 몸을 웅크렸다.

"이 짜식이!"

챙!

왕은 호위무사 칼을 다시 빼들어 김 내관 목에 또 겨눴다. 호위무사는 또 당하자 욕이 나올 뻔했다.

"김 내관, 그러다 진짜 옷 벗고 싶소?"

왕은 알몸으로 칼을 뻗으려니 어색해 죽을 지경이었다.

김 내관은 생각할 겨를도 없이 윗옷을 벗었다. 왕은 칼끝으로 옷을 받아서 옥좌 팔걸이에 걸쳤다. 김 내관은 양손으로 상체를 가리며 로댕 자세를 취하며 고개를 숙였다.

"밑에 거는?" 왕은 김 내관을 째려봤다.

"전하, 바지만은 제발!" 김 내관은 더운데 벌벌 떨었다.

"넌 어차피 벗어도 부끄러울 게 없지 않느냐?"

왕은 칼끝을 들어 목에 갖다 댔다. 김 내관은 어쩔 수 없이 허리를 굽혀 바지를 벗었다. 백성들은 더 이상 못 보겠다는 듯 고개를 숙였다.

왕은 역시 칼끝으로 바지를 받고는 호위무사에게 칼을 건넸다. 그리고 빛의 속도로 옷을 입었다.

"이럴 줄 알았으면 육지처럼 1:1 육체미 강습이나 받을걸."

왕은 옷매무새를 대충 가다듬고는 고개를 들었다.

"백성들은 듣거라! 그대들은 아무런 죄가 없다. 특히 아이들은 정말 착하구나! 이놈의 신하들이 문제다. 날 놀려서 죽이려고 작정을 했구나!!"

재단사는 군중을 벗어나 이미 도망을 갔다.

"재단사를 당장 잡아 오고, 다들 궁궐에서 다시 모이시오!"

왕은 궁궐로 와서는 새 옷으로 갈아입었다.

"괘씸한 신하님들아! 이러고도 무사할 줄 알았더냐? 그대들은 모두 진짜 옷 벗을 줄 아시오!!"

왕이 옥좌 팔걸이를 탁 치며 호통을 치자 넓은 소매가 펄럭거리며 화를 냈다.

"그놈의 재단사가 우릴 속일 줄 알았습니다. 처음부터 사기꾼 냄새가 났잖습니까? 그래서 제가 처음에 의심을 한 겁니다."

영의정은 애초에 자기 말이 맞았다는 것을 강조하고 싶었다.

이때다 싶어 신하들은 다들 재단사 탓이라고 몰아갔다.

그때 재단사를 잡으러 갔던 군사가 급히 뛰어왔다.

"전하! 재단사는 도망가고 없습니다. 십 리까지 봉쇄했고, 배 타는 곳을 철저히 통제해서 멀리 못 갈 것입니다. 대신 이 서신을 남겼습니다."

군사가 왕에게 서신을 건넸다.

> 등신들! 내가 계속 세뇌시키면 진짜 이렇게 될 줄 알았지요.
> 난 이런 걸 육지에서 많이 해 봤지요.
> 이건 마술도 요술도 아닌 그냥 당신들 마음의 문제지요.
> 왕이 사치와 허영심에 빠져 있어 정신 차리게 하려고 이런 걸 꾸며 봤지요. 왕은 그렇다 쳐도 신하님들이 진실을 말할 용기도 없고, 어찌 어린아이만도 못하지요? 왕이 문제가 아니었군요. 진실이 아닌 것을 보고도 왕의 권위에 맹목적으로 추종하거나 신하님 자신들의 안위만 지키려고 하니 어찌 이 나라가 잘되겠습니까?
> 전하께서는 나쁜 신하 없애고 똑바로 정치하시오!

왕은 두 손으로 편지를 구기며 입을 악 다물었다. 사기 친 재단사보다 신하한테 희롱당한 기분을 생각하니 몸서리가 쳐졌다.

"내가 안 보인다고 했던 신하는 진짜 옷 벗고 물러날 준비 하시오!!"

왕은 구긴 편지를 바닥에 내동댕이치며 소리쳤다.

"당신들도 벌거벗은 입장이 돼 보시오. 이제부터 싹 물갈이할 겁니다. 당신들을 내보낼 명분은 이걸로 충분하오!"

왕은 옥좌 팔걸이를 치며 일어나 뒷문으로 퇴장해 버렸다.

신하들은 투명 옷에 얼굴을 한 대 맞은 것처럼 능욕을 당한 표정이었다. 한동안 서로 얼굴만 쳐다보며 아무 말이 없었다.

"다들 우리 집으로 갑시다!"

영의정은 등신 같은 왕한테 까였다고 생각하니 자존심이 상해 씩씩거리며 나갔다.

### 7. 역모

영의정 집에서 다들 차를 한잔하자 이제 제정신으로 돌아와 대책회의를 했다.

"흥! 우리야 말로 역모의 명분이 생겼습니다. 사치에다 재단사에 속아 벌거벗은 임금 행세까지. 일부러 전하 좋으라고 선의의 거짓말까지 했는데 물러나라니, 이게 말이 됩니까?"

병조판서는 이번에는 더 칼집을 꽉 쥐고 칼을 뺄 기세였다.

다들 맞는 말이라며 억울해했다.

"전하께서도 자기 몸이 보이지 않는다고 생각해 놓고선 적반하장 아닙니까? 누굴 탓하는 건지 참! 젊은 놈이 천성이 못돼 처먹은 왕이외다!"

아부하던 우의정도 돌아섰다.

"영의정 나으리, 이래도 계속 지켜보고만 있을 겁니까?"

병조판서는 칼집을 쥔 왼손이 떨렸다.

신하들은 영의정 얼굴만 바라봤다. 영의정은 신하들 시선은 아랑곳하지 않고 뭔가 생각하는 눈치였다. 아까 까였던 얼굴과 달랐다. 그러자 옆에 앉아 있던 이조판서가 대신 말하듯 입을 열었다.

"저도 이건 못 참겠소! 저번에는 영의정 나으리처럼 그냥 지켜보자였소. 하지만 우리가 직접 피해를 입었고, 상황이 위급하니 역모 밖에 없소. 뭘 망설이는지요?"

이조판서는 옆으로 고개를 돌려 영의정이 빨리 결단을 내리기를 바랐다. 영의정도 낯빛이 안 좋게 변했지만 바로 입을 열지 않았다.

잠시 뒤, 영의정은 여러 신하들을 보며 조심스럽게 입을 열었다.

"잠시 왕국의 섬과 율도국에서 왕이 쫓겨났을 때를 생각해 봤소. 두 나라가 생각보다 쉽게 왕을 갈아 치웠소. 먼저 왕국의 섬은 우리 서해에 있는 섬들 중에 가장 선진국이긴 하지만 그래도 육지 대한민국보다 못한데, 왕국의 섬 기술로 쫓겨난 최민천 전 임금과 비서실장의 비리를 자세히 캐냈다는 게 대단하오. 그리고 몰래 엿듣는 도청 장치라고 하는 물건이 구두 뒷굽에서 발견됐다고 들었소. 구두 뒷굽에 도청 장치를 숨겨 놓고 엿들을 수 있는 기술을 그 섬에서 자급하기는 힘들 것이오."

"그럼 혹시 육지 대한민국의 기술을 훔쳤단 이 말씀이십니까?" 병조판서가 확신에 찬 어투로 물었다.

"차라리 그러면 좋겠지만 일부러 육지에서 도움을 줬을 수도 있소."

"네에?!" 다들 고개를 들며 얼굴이 굳었다.

"그리고 율도국도 듣기로는 기관총이라는 신식무기로 신하들을 제압했다 하오. 처음엔 나도 육지에서 밀수했다 싶었는데 육지는 밀수에 아주 엄격한 나라요. 특히, 우리 섬나라들한테 신식무기가 밀매되는 걸 엄청 통제했지요. 그런데 기관총을 한두 자루도 아니고 대규모로 밀수하는 걸 막지 못했다는 게 수상하오. 게다가 작은 해적선의 대포 한 방에 큰 배가 두 동강이 났다고 하니 더욱 의심스러웠소."

영의정은 긴 생각을 마치고 이제야 안정을 찾았는지 턱수염을 만지며 쓸어내렸다.

"율도국에서도 선진국 물건 밀수를 엄격히 통제했다고 들었습니다. 그때 해안에 들어오는 배들을 철저히 감시한 걸로 아는데 누가 뇌물을 먹고 통과시켰나 보군요." 호조판서도 수상한 눈치로 알 것 같다는 듯 말했다.

"이건 내 생각인데 율도국은 육지와 하나하나아홉 대가리가 큰 잠자리를 부를 수 있는 협약이 있잖소." 영의정이 말했다.

대가리란 말에 대호군이 흠칫했다.

"아마 그 잠자리를 부르면서 그 안에 기관총을 숨겨 오지 않았나 추측할 뿐이오. 배는 수색하면 대량 밀수품은 금방 들킬 수 있지요. 그래서 응급 환자 핑계로 잠자리를 불러서 무기를 준 것 같소. 그냥 무기를 주면 국제협약 위반이니 밀수를 당한 것처럼 한 거지요."

듣고 보니 영의정 말이 맞는 듯 신하들은 다들 고개를 끄덕였다.

"그럼 육지 대한민국이 일부러 신식무기를 줬다 이 말씀입니까? 그래서 육지에서 얻는 이익이 뭔지요?" 병조판서가 물었다.

"서해 섬들을 개방시켜서 자신들과 같은 정치 제도를 전파하고 비슷한 삶을 만들려고 그러나 보오. 이게 사실이라면 우리가 역모했을 때 왕이 육지에 도움을 요청하면 또 신식무기를 줄 수도 있다는 생각이 들었소."

영의정이 말하면서 약간 얼굴이 일그러졌다.

"그러면 저번처럼 독극물로 해결하면 되지요. 군사를 움직일 필요 없이 얼마나 편한 방법입니까?" 병조판서가 제안했다.

"그땐 왕이 코로나 역병에 먼저 걸려 사인을 코로나 감염으로 했지만 지금은 다르지요." 우의정이 말했다.

"아 참, 그때 매수한 의관은 입막음 잘했겠지요? 발설하는 날에는 우린 모두 망하는 거요." 영의정이 확인차 물었다.

"걱정 마십시오. 개방하면 육지 의료기술도 도입하게 될 텐데 그리되면 서해도 왕국 의관들은 밥줄 끊길 게 자명하다고 엄포를 놓았지요. 그랬더니 협조하더군요. 얼마 전엔 은퇴하고 멀리 보내 버려서 괜찮습니다."

병조판서가 이런 일 전문이니 더 이상 걱정할 게 없었다.

"만약 독극물이 성공했다 해도 그다음이 문제요. 이 왕이 죽으면 그 뒤를 우리가 잇는다는 보장이 없잖소. 왕이 아직 혼인을 하지 않아서 아마 왕의 삼촌이 정치할 가능성이 크단 말이오." 영의정이 차를 한 모금 마시며 말했다.

왕의 삼촌이라 하면 다 아는 인물이었다. 왕의 삼촌은 죽은 왕과 형제였으니 그 당시 신하들이 하는 짓을 많이 봐 와서 역시 사이가 좋지 못했다. 삼촌이 집권하면 신하들은 좋을 리가 없었다.

"그러면 역모밖에 없습니다. 지금 빨리 해안가만 철저히 감시하면 됩니다. 어차피 우린 육지와 협약이 되어 있지 않지요. 만약 그 잠자리가 날아온다면 명백한 도발 행위이며 다른 이웃 국가에서도 국제 협약 위반이라며 결코 좌시하지 않을 겁니다. 선진국에서는 서로 간 지켜야 할 협약이 많아 이런 데 엄청 민감하지요. 자칫 잘못하면 국제기구에서 제재를 가할 수도 있습니다. 우린 바다에서 밀수만 감시하면 됩니다. 우리 해안경비가 삼엄해서 최근 밀수가 한 건도 없어서 안심해도 됩니다."

병조판서는 뭘 망설이고 있냐는 말투로 영의정을 쳐다봤다.

영의정도 고개를 끄덕였다.

"나도 그렇게 생각하오. 역모하려면 빨리 하고, 오늘 해안가에 상선들을 철저히 수색하면 될 거요. 이렇게 된 이상 그냥 당하고만 있을 수 없지요. 아마 왕도 우리가 역모할 걸 예상하고 육지와 연락하고 있을지도 모르오." 영의정이 또 차 한 모금을 후루룩 들이마셨다.

다들 발등에 떨어진 불이라 한시가 급했다. 이번에는 대동단결로 움직였다. 내일 아침 조회 때 왕을 잡기로 했다. 병조판서와 대호군이 제일 바빴다.

해안 경비를 두 배로 늘리고 밤에는 배를 바다에 띄워서 감시하게 지시했다. 횃불을 대낮처럼 훤히 밝혔다. 하늘길은 걱정할 필요 없이 바닷길만 철저히 감시하자였다. 특히, 상선은 철저히 수색하고 상선 일꾼 중에 낯선 이를 보면 즉시 잡아 오라고 했다.

"오늘 밤 저 바다만 보면 된다. 시커멓고 덩치 작은 배가 몰래 들어올 수 있으니 절대 놓치면 안 된다."

병조판서는 긴장된 마음으로 지휘하며 오늘밤은 바닷가에 머물 작정이었다. 다행히 바람이 불어 덩치가 작은 배는 들어오기가 힘든 날씨였다.

병조판서는 횃불을 든 부하와 함께 파도치는 바위 가까이 가서 바다를 쳐다봤다. 멀리 시커먼 바다가 고요했지만 주변으로 뭔가 묵직함이 느껴졌다. 그믐이라 더욱 긴장됐다.

그러다 병조판서는 왼쪽 허벅지에 순간 차가운 느낌을 받았다. 손으로 허벅지를 만지니 찬 기운이 감돌았다. 부하의 횃불에 왼쪽 허벅지를 비춰 보니 비 맞은 듯 옅은 물기에 젖어 있었다. 병조판서는 고개를 들어 하늘을 쳐다봤다. 시커먼 하늘에서 빗방울이 떨어졌나 싶었다.

"오늘 비가 온다 했느냐?"

"비 온다는 말은 못 들었습니다. 나으리."

부하가 횃불을 위로 들어 올려 하늘을 쳐다봤다.

병조판서는 앞 바위에 파도가 부딪쳐 흩어지는 허연 물방울을 봤다. 바람에 물방울이 튕겨 얼굴에 묻었다.

궁궐 주변에는 대호군 지휘하에 밤에 군사까지 동원해서 역모 준비를 마쳤다. 다행히 다음 날 새벽까지 바닷가에 이상한 징후는 없었다고 보고가 들어왔다.

다음 날 아침, 왕은 마지막 조회를 준비했다. 신하들은 하나둘씩 들어왔다. 곧이어 왕이 들어와서는 옥좌에 앉았다. 왕이 이리저리 둘러보며 인상을 찌푸렸다.

"영의정과 병조판서가 어찌 안 보이느냐?"

신하들은 고개만 숙인 채 말이 없었다.

"옷 벗으라고 해서 삐쳤나 보군. 그렇지?"

왕은 조금 뒤 있을 상황을 아는지 모르는지 태연했다. 약 올리는 듯했다. 그러자 근정전 앞문이 홱 열리며 영의정과 병조판서가 나란히 들어왔다. 마치 자기들이 왕인 양 옥좌의 한 인간을 노려보며 걸어왔다.

"이 무슨 걸음걸이가 그리 당당하오? 내가 안 보이는가 보오. 지금은 투명 망토 걸치지도 않았소."

왕은 놀라면서도 침착하게 말했다.

병조판서는 듣는 둥 마는 둥 칼을 뽑아 들었다. 그러자 양옆의 옆문도 다 열리며 군졸들이 칼을 들이댔다.

"무슨 짓들이냐?" 호위무사도 칼을 뽑아 병조판서를 향했다.

"역모요!" 영의정이 얼굴색 하나 변하지 않고 대답했다.

상황을 잘 모르는 좌의정과 일부 신하만이 움찔하며 그 자리에 굳어 버렸다.

왕은 열린 문 밖으로 배신한 군사들을 내다봤다.

"방금 역모라 하였소?"

왕은 말해 놓고 크게 놀라지 않는 눈치였다.

"젊은 놈이 아직 상황 파악이 안 되는 모양이구나. 밖에 있는 군사는 다 내 편이니라. 사치와 허영, 어리석음 허물의 옷을 벗게 해 줄 테니 고맙게 생각하거라!"

영의정은 젊은 놈을 내리깔듯 노려봤다.

"당신들이 역모를 했으니 이제 사형시킬 명분이 생겼군요."

왕은 여전히 침착했다.

영의정은 왕이 살려 달라 할 줄 알았는데 의외의 모습에 걸어오면서 다리가 후들거릴 뻔했다.

"재단사에게 사기를 당하더니 정신이 어찌 됐구나!" 영의정이 그 자리에 서서 손가락질하며 호통쳤다.

"어찌 되는 건 당신들 목숨이오!" 왕도 역시 손가락질했다.

"미친놈! 투명 옷처럼 이 나라에서 안 보이게 해 줄 테니 잘 가거라!"

"왜 자꾸 당신들 얘길 하시오?" 왕은 머뭇거림 없이 바로 받아쳤다.

영의정과 왕의 티키타카에 모든 신하들이 고개를 왼쪽, 오른쪽으로 왔다 갔다 하기만 했다.

"저놈을 당장 잡아 끌어내라!"

영의정 목소리는 적진을 향해 돌격하듯 날아갔다.

"우리도 저놈들을 당장 쏴라!"

왕의 목소리는 발사하듯 날아갔다.

따다다다다다!!

또 기관총 소리였다. 옥좌 뒤 뒷문에 수십 명이 나와 천장을 향해 갈겼고, 옆문 밖 군사들 뒤쪽에서도 기관총 소리가 허공에 구멍을 냈다.

돌격하려던 군사들이 처음 듣는 굉음에 몸을 수그렸고, 신하들은 귀를 막은 채 바닥과 물아일체 하듯 딱 엎드려 하마터면 바닥에 스며들 뻔했다. 옆문 밖에 군사들도 뒤에서 나는 거친 총소리에 몸을 웅크렸다.

영의정과 병조판서도 엎드리며 몸이 후들거렸다.

"저, 저건 총이 아니더냐?" 영의정이 동그래진 눈으로 병조판서를 보며 물었다.

"저걸 어디서? 또 저놈들은?" 병조판서는 더 이상 말을 잇지 못했다.

진짜 투명인간들이 없다가 갑자기 나타났나 싶었다.

옥좌 뒤와 옆문 밖을 보니 총을 든 무인들이 한둘이 아니었다. 모두 다 검은 두건을 쓴 채 방아쇠를 당길 준비를 했다. 대충 봐도 백여 명은 돼 보였다. 역모하려던 신하들은 눈앞에서 보고도 현실을 믿지 못했다. 투명 망토라도 있었으면 하는 생각이었다.

"이럴 걸 대비해서 예전부터 사병을 모으고 있었지요. 그대들의 군사력이 워낙 세서 나도 어쩔 수 없었소. 역시 무기는 육지 무기가 최고요." 왕은 옥좌에 그대로 앉아서 앞을 보며 말했다.

영의정은 어떻게 저 무기를 밀수를 했는지 생각할수록 머리가 멍했다.

"이 신식무기는 시대의 흐름을 따른다면 자연히 얻게 돼 있소. 이제 곧 죽을 터이니 무기나 실컷 구경하시오."

왕은 오른손을 들어 안내하듯 총을 가리켰다.

역모 사건이 정리된 후, 왕은 고위 관리 중에 좌의정을 비롯한 몇 명만 빼고 역모 주도자를 다 잡아 가뒀다. 왕은 주도자들이 갇혀 있는 감옥에 찾아갔다.

"죽을 때는 총이 훨씬 나을 것이오. 칼은 따갑고 아프거든. 사약은 맛만 쓰고 속 부글부글 끓지. 능지처참은 처참하게 온몸이 찢어지지. 총은 말이야 그나마 고통이 덜하니까 고마운 줄 알아라, 이 역모자들아!!"

왕은 그동안의 울분을 토해 내듯 외쳤다.

왕 머릿속에는 아버지의 모습이 스쳐 갔다.

왕은 궁궐 밖에서 백성들이 보는 앞에서 연설을 했다. 지방 곳곳에는 방을 붙이듯 연설문을 붙였다.

"다들 잘 들으시오! 이제부터 우리도 육지 대한민국과 본격적인 교류를 할 것이오. 가장 먼저 할 것이 의료 분야요. 생명보다 귀한 게 어디 있겠소? 혹여 의료 분야를 교류하면 의관들이 반대할 수도 있소. 하지만 그건 기우요. 의관들에게 선진 의료 기술을 배울 수 있게 해 주면 되잖소. 그러면 의관들 의술이 성장할 것이오. 응급 환자 발생 시 율도국처럼 대가리가 큰 잠자리를 날아오게 할 것이오. 그리고 우리 섬에 선진 의료원을 지을 것이오. 그다음은 경제 분야…."

왕의 일장연설에 다들 와아! 하며 박수치며 환영했다.

왕은 연설 후 근정전 안으로 들어갔다. 그리고 뒷문으로 나가 비밀의 방으로 들어갔다.

"이제 두 분 다 나오시오. 그동안 수고하셨소."

두 사람이 나왔다.

"전하 연기력이면 올 연말에 육지 연예대상에 오신다면 대상은 따 놓은 당상이지요. 하하!" 재단사가 여전히 능청스럽게 웃으며 말했다.

"저보다 재단사 양반이 배짱도 좋고 능청스러운 연기가 일품이었소. 하하!"

왕이 살짝 박수쳤다. 그리고 옆을 보며 또 말했다.

"홍길동 전하! 이렇게 위험을 무릅쓰고 직접 오시다니 정말 감사하오." 왕이 두 손을 잡으며 감사해했다.

"아닙니다. 육지의 기술로 만든 괴상한 망토가 있다길래 직접 체험하러 왔습니다. 이런 신기한 걸 언제 체험해 보겠습니까? 근데 하마터면 들킬 뻔했습니다." 홍길동은 두건을 벗고 큰 숨을 내쉬었다.

"무슨 일이 있으셨소?" 왕이 눈을 동그랗게 뜨며 물었다.

"망토를 입고 병조판서 옆을 살짝 지나치다 판서 허벅지에 젖은 망토가 살짝 닿고 말았지요. 속으로 아차! 싶었는데 병조판서가 하늘만 쳐다볼 줄 알지 머리 쓸 줄은 전혀 모르더군요. 덕분에 살았습니다."

"아, 그래서 제가 어리석은 병조판서를 싫어했지요. 다행히 어리석음 때문에 우리가 살았군요. 허허. 내일쯤 그놈들은 저 하늘나라에서 이를 갈고 있겠지요."

"착한 사람들이 아니니 그때는 염라대왕과 독배를 한잔하고 있겠지요. 하하!"

# 못다 한 이야기

사치와 허영심에 빠진 왕은 나랏일은 예비 역모자에게 맡겨 두고 육지에 관광차 놀러 갔다. 그러나 사실 단순히 놀기 위해 육지에 간 것이 아니었다. 왕은 육지에서 제공하는 유람선에서 몰래 밀담을 했다.

"잠수정이라는 물속으로 가는 작은 배 여러 척으로 무기를 보내 줄 거요. 율도국의 홍길동과 특수 요원들이 전달해 줄 것입니다." 육지 대한민국 대통령이 말했다.

"행차가 끝나고 신하들을 내쫓으면 반드시 역모할 것입니다. 명분이 생기니 그때 일을 시작하면 됩니다. 근데 진짜 보이지 않는 망토가 있다니 육지 기술이 놀랍소. 진짜 있는 거지요?" 왕은 아직도 믿기지 않았다.

"걱정 마십시오. 아직 상용화는 안 됐지만 군사용으로는 이미 개발됐습니다. 이번에는 방수기능도 있습니다. 기관총도 투명 망토로 감싸서 궁궐 재단사 작업장에 숨겨 놓으면 될 겁니다."

"그보다 저와 재단사 연기가 죽이 잘 맞아야 할 텐데 걱정이오."

"저희 대통령 기획실에 꿈꾸는 작가가 있어 예상 시나리오를 잘 짜 줄 것이니 대본대로 잘하시면 됩니다."

두 사람은 원대한 계획을 상상하며 씨익 웃었다.

제4장

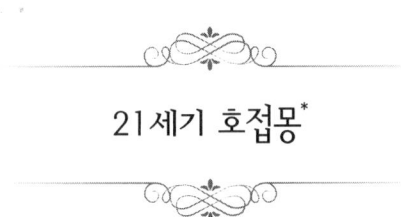

# 21세기 호접몽<sup>*</sup>

긴급 속보입니다.

세계적인 뇌 과학자로 노벨의학상 후보까지 거론되던 윤성국 박사가 실종되었습니다. 정부 차원에서 많은 지원을 받았던 윤 박사는 기억 삭제와 관련된 뇌 연구를 통해 기억을 조작하는 게 가능하다는 논문을 내놓았는데요, 아직 동물실험만 거친 단계라 사람에 대한 임상실험은 조심스럽다고 인터뷰를 한 적 있습니다.

## 1. 시간 여행

"고객님, 과거로 가더라도 예상치 못한 변수가 있을 겁니다. 그래야 스릴을 더 만끽할 수 있죠."

오 박사는 내 머리에 기계장치를 덮어씌웠다.

마치 미용실에서 파마머리 할 때 쓰는 기계장치 같았다. 패치가 붙은 여러 선들을 내 머리 곳곳에 그리고 심장과 손가락에도 붙였다.

---

\* 호접몽: '나비에 관한 꿈'이라는 뜻으로, 인생의 덧없음을 이르는 말. 중국의 장자가 꿈에 호랑나비가 되어 훨훨 날아다니다가 깨서는, 자기가 꿈에 호랑나비가 되었던 것인지 호랑나비가 꿈에 장자가 되었는지 모르겠다고 한 이야기에서 유래한다. 『장자』「제물론(齊物論)」에 나온다.

"처음이라 중간중간에 제가 말을 걸며 시간 여행을 도울 테니까 놀라거나 헷갈리지 마세요."

난 조용히 눈을 감고 즐길 준비를 했다. 오 박사와 대화하며 지시에 따라 시간 속으로 빠져들었다.

\* \* \*

### 2040년.

드디어 시간 여행 기술이 발명됐다. 그동안 인간이 상상했던 발명 중 단연 최고다. 난 자율주행차를 타고 온 사방으로 고개를 돌려 가며 2040년을 만끽했다. 하늘을 나는 택시와 드론 택배가 일상화되고, 길거리에도 로봇 경찰이 돌아다녔다. 출산율이 특히 낮은 우리나라엔 AI 로봇들이 카페나 상점 안에서 일을 했다.

무엇보다 내 손목엔 커다란 둥근 시계가 채워져 있었다. 연도와 시간 조절이 가능한 시계였다. 빨리 과거로 가고 싶었다.

"고객님, 가고 싶은 시절로 시간 조절하고 리셋 버튼을 누르세요."
"네."

죽이고 싶은 놈이 학창 시절부터 있었다. 그놈은 외계인, 귀신, 초능력, 시간 여행 등에 미친놈이었다. 괴짜였는데 일진이었다. 난 그놈의 빵셔틀 겸 샌드백이었다. 집도 같은 방향이라 매일 함께 걸어가는 게 괴로웠다.

복수를 위한 시간은 고3 시절 야자 마치고 하교할 때로 정했다. 내가 또렷하게 기억하는 바로 그날 말이다.

*2010년 3월 22일.*

나는 두 놈을 따라 골목길을 걸어가고 있었다. 갈랫길이 여럿 나오는 골목이었다. 봄비가 내린 뒤라 시멘트 바닥은 물기를 머금은 듯 차가웠다.

"침착하시고 자연스럽게 친구들과 얘기하세요."

오 박사의 말이 뇌를 통해 귓전에서 울렸다. 마치 하늘에서 신이 계시를 내리는 것 같았다.

"친구 아닌데요." 난 짜증 섞인 말투로 대답했다.

오른쪽 갈랫길에 들어선 두 놈은 몸을 홱 돌렸다. 정목이가 고개를 뻗어 왼쪽 갈랫길을 한번 보고는 나를 봤다.

"너 지금 누구랑 대화하니?"

"아, 아니야." 난 목 언저리를 더듬거렸다.

난 시간 여행이 처음이라 어리둥절했다. 난 나를 지켜보고 있을 오 박사를 생각하며 고개를 위로 젖혀 긴장을 풀었다.

"야! 빵셔틀! 외계인하고 대화하는 거야?"

정목이가 비꼬듯 또 물었다.

이놈들은 나보다 어린 학생일 뿐이다!

"정목이, 네 말대로 진짜 외계인이 있나 본데. 저놈인가 봐. 하하." 똘마니 강수도 끼어들었다.

자꾸 반말하지 마라. 나 지금 너희보다 두 배는 더 먹었어!

"쟨 예전부터 혼잣말 전문이잖아. 그건 그렇고 수학 숙제 내꺼 해와라잉?" 정목이는 날 슬쩍 흘겨보며 명령했다.

정목이 이놈이 죽이고 싶은 놈이다. 예나 지금이나 참 못~되게 생긴 놈이다.

"대답 안 해? 외계인아!" 정목이가 한 걸음 다가와 내 눈을 째려보았다.

"어차피 내일 수학 쌤은 몸이 아플 거니까 학교에 오질 않아." 내 입에서 자연스럽게 말이 튀어나왔다. 난 잠깐 정목이 눈과 마주쳤다가 왼쪽 갈랫길로 눈을 피했다.

"뭐? 또라이야 뭐야! 원래 이상한 놈인 줄은 알았는데 점점 더 이상해져 가네. 이젠 넌 내 연구 대상이야!"

정목이는 고개를 갸웃하며 날 아래위로 훑어 내렸다.

"이제 보니 외계인이 아니고 미래에서 온 시간 여행자 같은데? 정목이 네가 찾던 고객이야. 하하!"

강수도 날 훑어보며 장단을 맞췄다.

"집 앞 도로에 빗물 고인 웅덩이는 피해서 집에 들어가도록 해."

난 마치 무당이나 된 듯한 저음의 목소리로 훈계했다. 눈길은 여전히 왼쪽 갈랫길이었다. 그러곤 바로 왼쪽으로 가 버렸다.

"뭐라는 거야? 거기 안 서?"

정목이의 명령이 내 뒤통수를 쫓아오자 경보하듯이 걸었다. 나는 곧 좁은 골목길로 뛰어 들어와 버렸다. 호흡이 가빠지고 가슴이 두근거렸다. 고개를 들어 눈알을 이리저리 돌리며 하늘에 대고 말했다.

"얼마 전에 배운 무에타이 기술로 쳐 버리고 싶었어요. 근데 망설여 버렸네요."

내 머릿속에는 팔꿈치 공격이 지나갔다.

"하고 싶은 거 맘대로 하세요. 망설이면 오히려 당합니다." 난 이날을 똑똑히 기억한다. 우리는 이대로 함께 저 또라이 집으로 가다가, 웅덩이에 차가 지나가며 또라이를 흠뻑 적셔 버렸다. 저 또라이는 그 분풀이로 나를… 정말 죽일 듯이 팼다. 기절할 때까지. 그때부터 내 정신 상태도 이상하기 시작했다.

"다음 날 점심시간 교실로 가서 팰게요."

난 심호흡을 길게 한번 했다.

이윽고 손목시계를 조절하고 리셋을 꾹 눌렀다.

점심시간, 식사 후 시끌벅적한 교실이었다. 난 눈동자를 좌우로 돌려 정목이를 찾았다.

"으윽!"

어느새 그놈이 뒤에서 튀어나와 오른손으로 내 멱살을 잡았다. 너무 꽉 조여 목이 굳을 지경이었다.

이놈이 평소 악력기를 만지작거리더니 이렇게 써 먹을 줄이야.

"너 뭐야? 진짜 시간 여행자야?"

정목인 내가 신기한 듯 잔뜩 상기된 낯빛이었다.

"글쎄, 흐음." 난 어제보단 평온했다.

"너 오늘 수학 쌤 안 올 걸 어떻게 알았지? 어제 고인 물에 차가 지나가면서 내 옷이 흠뻑 젖어 버렸어. 그건 또 뭐냐고?" 정목인 멱살 잡은 손으로 날 한 번 밀쳤다.

"그것 때문에 네가 쌍욕하면서 기절할 때까지 팼잖아!!"

난 처음으로 정목이 눈을 똑바로 쳐다봤다. 눈깔을 뚫어 버릴 정도였다. 의외의 눈빛 공격에 정목이 눈빛이 약간 흔들렸다.

좋았어!

난 정목이 뒤를 둘러봤다. 모든 아이들 두 눈은 우릴 향했다. 정확히 나를 향한 시선 점유율이 더 높았다. 난 입꼬리를 살짝 올려 시선 하나하나에 고마움의 답례를 했다. 아이들은 처음 접하는 나의 변태 같은 미소에 얼굴이 굳어 버렸다.

똘마니 강수가 다가왔다.

"정목아! 이놈 진짜 뭔가 있나 본데! 그동안 네가 허무맹랑한 게 아니었어. 미안, 이때까지 정목이 네가 희한한 놈이라고 생각했거든." 강수는 정목일 쳐다보지도 않은 채 어제와 다른 눈빛으로 날 훑어 내렸다.

"아이 씨! 내말이 맞다니깐! 유튜브만 검색해도 시간 여행자 얘기가 나오잖아! 너 미래에서 왔지? 맞지?" 정목인 재차 멱살을 잡고 내 몸을 흔들었다.

"맞춰 봐." 난 흔들리면서도 더 변태 같은 미소를 지었다.

너무 기뻤다. 곧 뒤에 무슨 일이 일어날지 그들은 전혀 알지 못할 테니까.

나는 다시 눈에 힘을 주어 몇십 년 동안 못 했던 말을 쏟아 냈다.

"중학교 때부터 넌 날 놀렸지. 그때마다 넌 우리 부모님까지 욕하면서 저주 같은 말을 퍼부었어. 진짜 저주를 받은 걸까? 부모님이 일찍 교통사고로 돌아가셨어. 그리고 나도 정상적인 삶을 살지 못하고 외국에서 살다 왔어. 야 이 개~또라이자식아!!"

개새끼가 나와야 되는데 청소년이 다 쳐다보는 관계로 언어를 순화했다.

"외국? 뭔 소리야! 너희 부모님 지금 살아 있잖아!"

정목이 눈도 동그래지며 눈알엔 힘이 들어갔다. 정목이는 날 구석으로 몰아세웠다. 내 옷깃을 쥐어짜듯 오른손으로 내 멱살을 더욱 움켜잡았다.

"으윽!"

옳거니!

거리가 적당했다.

난 오른쪽 팔꿈치를 가로가 아닌 세로로 세웠다. 이번엔 망설임 없이 아래에서 위로 재빠르게 쳐올렸다.

퍽!

턱에 명중이다.

이빨 부딪치는 소리와 함께 멱살이 힘없이 풀렸다. 옆에 강수는 순간적인 나의 학폭에 눈알 초점이 흔들렸다. 반 아이들 눈도 마찬가지였다.

그리고 바로 거침없이 하이킥! 내가 숏다리라 정목이 목덜미에 닿았다.

퍽!

그래도 그놈은 쓰러졌다. 난 내 앞의 의자를 낚아채듯 집어 들었다. 그리고 쓰러진 그놈 머리통 위로 가져갔다.

"어!! 어머!!"

어린 여학생들의 기절할 듯한 표정과 비명이 교실 천장을 뚫을 듯했다.

타당탕탕!!

난 힘을 빼고 그놈 옆으로 의자를 내동댕이쳤다.

"덤비고 싶으면 다 나와 봐!!"

난 270도 각도로 청소년들을 스캔하며 희열의 한숨을 내쉬었다.

근데 그놈이 일어나더니 "죽여 버릴 테다!" 하며 호주머니에서 칼을 꺼내 들었다. 영화에서나 본 듯한 접이식 칼이었다. 왠지 칼이 소름 끼치기보다 멋있었다. 뾰족하고 날카로운 곡선에 장인의 솜씨가 스며 있었다.

난 여유로웠다. 바로 뒤 허리춤에서 권총을 꺼냈다. 소음기가 달린 총이다.

총소리에 청소년 애들이 놀라면 안 되지.
나의 세심한 배려다.
나는 총을 든 손을 뻗어 머리통을 조준했다.
아니지, 내 고통의 시간만큼 저놈도 고통 속에서 살게 해야지.
총구를 돌려 그놈 허벅지를 조준했다.
그런데 다들 조용했다. 지금쯤 진짜 천장을 뚫을 비명을 질러야 할 타이밍인데 말이다. 젠장! 다들 이게 진짜 총인지 모르는 모양이다. 나만 뻘쭘했다.
픽!
그놈 허벅지를 쐈다.
"으읍!"
정목이는 탕 소리가 아니라서 여전히 진짜 총인지 모르는 것 같았다. 뒤에 아이들도 몸만 움찔했다.
'픽!' 소리는 너무 약했다. 아까 팔꿈치 공격 '퍽!'과 점 하나 차인데 이렇게 반응이 다를까 싶다.
"아악!!"
정목인 이제야 두 손으로 허벅지를 움켜잡았다. 손가락 사이로 뻘건 피가 줄줄 흘렀다.
흥! 이젠 축구는 다했다.
"흑! 어머!!"
아이들 반응이 이리 느려서야. 소음기를 빼고 쏠 걸 그랬나?
그제야 아이들도 괴성을 지르며 우르르 문이 부서져라 교실을 뛰쳐나갔다.
"스트레스가 좀 풀렸나요?" 오 박사가 끼어들었다.
"네. 완벽하진 않지만 현실감이 있어요."

난 다시 시계를 조절하고 리셋을 눌렀다. 밸런타인데이 때 나를 찬 그녀를 찾아갔다.

***2024년 2월 14일.*** 
이젠 시간 여행이 익숙하다.

그녀은 양다리를 넘어 오징어 다리였다. 빌려준 돈과 선물로 준 명품백이 아까웠다. 오피스텔 현관문에서 잠시 기다려 입주민이 나오자 바로 들어갔다. 정면에 CCTV가 날 찍고 있었다.

찍든지 말든지!

오징어 다리 집 비번이 그대로이길 바라면서 비번을 눌렀다.

띠 띠 띠 띠 띠리릭. 단순한 년.

문이 열렸다. 정면에서 지진이 일어난 눈알로 나와 마주쳤다.

"이 미친놈, 신고할 거야! 돌아가!!"

난 이미 눈이 돌아갔다.

"이년 죽이고 싶어요!"

난 신께 허락받듯 고개를 들어 외쳤다.

"또 혼잣말로 뭐라는 거야, 이 찌질아!"

오징어 다리 이년은 날 철저히 오징어 취급했다.

남자가 쩨쩨, 쫀쫀, 쪼잔, 찌질이…. 난 이런 단어들이 정말 듣기 싫었다. 이젠 평생 들을 일 없을 거다. 역시 뒤 허리춤에서 총을 꺼냈다.

"이거 제발, 진짜 총이다!"

난 흥분해서 어법을 무시하고 그녀 이마에 총구를 갖다 댔다. 그녀이 순간 멈칫했다.

툭!

하지만 오징어 다리는 바로 손으로 쳐 버리곤 짜증을 냈다.
"이젠 다이소에 총도 파나 봐. 이 찌질아!"
이래서 여자도 군대를 갔다 와야 된다니깐!
난 재빨리 소음기를 제거했다. 총구를 다시 그년 이마에 갖다 댔다. 그년이 다시 손을 쳐 내려 하자 나는 총구를 티브이 쪽으로 돌렸다.
탕!
총소리와 동시에 퍽! 하며 티브이 화면이 뚫리고 벽에 총알이 박혔다. 물론 퍽! 소리는 탕! 소리에 묻혔다.
"아악!"
그년은 움찔하며 몸을 떨었다. 쳐 내려 했던 손은 차렷 자세가 되었다.
난 흥! 하며 총구를 그년 이마에 또 갖다 댔다. 두 눈동자가 굳어 버렸다.
당연 꼼짝 못 하지.
바로 오른손 집게손가락을 당기고 싶었다.
아니지, 그놈처럼 고통을 줘야지.
총을 거두는 척하다가 손잡이로 오른쪽 광대뼈를 내려찍었다.
쩍!
광대뼈 내려앉는 맑고 고운 소리.
"악!"
이젠 얼굴이 진짜 오징어다.
옆에 걸린 거울을 보았다. 젊은 내 얼굴에 감사했다.
쓰러진 오징어를 보며 시계를 조절했다.

*2025년 6월 27일.*

이날은 내 새 차가 급발진 사고가 일어난 날이다. 목숨 걸고 또 강조하지만 분명히 그날 난 브레이크를 죽어라 밟았다. 내 차 앞대가리가 마치 마이크 타이슨 상체처럼 요리조리 움직이며 신나게 들이받았다. 이건 뭐 고삐 풀린 망아지에다 채찍질까지 들어간 통제할 수 없는 상황이었다. 국과수에서는 알아듣지 못할 전문용어로 어쩌고저쩌고하더니 결국 난 가해자가 되어 처벌받았다.

엿 같은 세상이다!

그래서 이번엔 다른 회사 차를 구입했다. 이 차 타고 드라이브하면서 첫 시간 여행을 마무리하려 한다. 일단 안전벨트를 꽉 메고 브레이크를 꽉 밟은 다음 시동을 걸었다.

부르릉!

핸들 잡은 손이 잠시 떨렸다. 다행히 이 차는 아무런 이상이 없었다.

앞에 탁 트인 시골길이 내 앞날 같았다. 룸미러를 보니 흐뭇하게 웃고 있었다. 오른손으로 룸미러를 다시 조절했다.

…아니다. 조절한 룸미러 속에 다른 이가 웃고 있었다.

"그 어떤 안전벨트도 총으로부턴 안전할 순 없지. 흐흐."

뒷좌석에 익숙한 목소리와 어른스러워진 얼굴!! 그 얼굴과 룸미러로 눈이 마주치고 내 동공에 지진이 일어났다.

정목이 그놈이다!

총구가 내 앞으로 쑥 나왔다. 그놈은 총구를 내 오른쪽 관자놀이에 갖다 댔다. 그러자 정목이 옆에서 익숙한 목소리가 들렸다.

"나도 기억나지?"

오징어 다리!! 1년 전 광대뼈 수술한 게 잘못됐는지 얼굴 전체가 언밸런스했다.

"너희 둘이 어떻게?"

내 심장이 살갗을 뚫고 나오는 듯싶었다.

오 박사가 말한 예상치 못한 변수가 이건가 보다 했다.

"이걸 어쩌나? 우리 둘이 어떻게 여기 있는지 이유도 모른 채 죽게 생겼네."

정목이는 총구를 내 관자놀이에 짓이기듯 더 쑤셨다.

"내 다리 이 지경으로 만들고 그냥 넘어갈 줄 알았어? 이 빵셔틀아!!"

정목이가 소리치면서 총을 꽉 쥐었는지 총구가 내 눈 옆에서 미세하게 떨렸다

"내 얼굴도 마찬가지! 이 찌질아!!"

찌질이란 단어를 또 들을 줄이야.

"날 어쩔 셈이야?"

난 안 들키게 침을 조금씩 목구멍으로 삼켰다.

난 침착하게 말한다면서도 불규칙한 심장 박동은 어쩔 수 없었다. 난타에다 비트박스까지 어울림 한마당이었다. 앞에 선팅된 유리로 젊은 무리들이 우리를 힐끗 보며 지나갔다.

"조용한 데 가서 마지막 드라이브나 해 보자고. 출발해!"

정목이는 관자놀이에서 총구를 떼는가 싶더니 재빨리 내 뒤통수에 갖다 댔다. 난 천천히 액셀러레이터를 밟았다.

"앞에 탁 트인 시골길이 보기 좋~네."

정목이 이놈이 얘기하니 저승길이었다.

차라리 급발진이 낫겠다!

왼손은 핸들을 꽉 잡은 채 오른손은 변속기에서 손을 뗐다. 오른

발을 서서히 밟아 속도를 높였다. 앞만 쳐다보면서 잽싸게 액셀러레이터를 밟았다.

위이잉! 부우웅!!!

동시에 난 고개를 숙이며 오른손으로 뒤통수의 총을 움켜쥐었다. 이 모든 게 한순간에 이루어졌다.

탕!

총알이 내 정수리를 5:5 가르마 타며 앞 유리 하단부를 뚫었다. 정수리가 이제 화끈거렸고, 내 오른손은 총 몸통을 더욱 움켜잡았다.

나도 악력기 운동 좀 했지.

"서! 이게 진짜 죽고 싶어??"

정목이는 두 손으로 총을 잡아당겼다.

오징어도 합세해서 총을 잡아당겼다. 총 하나에 세 사람의 손이 뒤엉켜 총이 질식사 직전이었다. 난 앞을 보고 왼손은 운전하랴, 오른손은 총을 잡고 버티랴, 정말 바빴다. 분명 내가 불리했다. 핸들을 오른쪽으로 꺾어 가드레일에 부딪쳤다.

쿠쿵!

난 안전벨트가 있어 충격이 덜했지만 뒤에 연놈들은 중심이 흔들렸다.

그 바람에 탕! 탕!

정목인 자신도 모르게 방아쇠를 당겼다. 앞 유리창이 또 깨지며 더운 바람과 유리 파편이 들어와 우리 모두를 때렸다. 오른쪽 가드레일엔 불꽃이 튀었다. 난 다시 세게 부딪쳤다.

쿠쿵!

가드레일에 차가 부딪치며 튀어 오르는 불꽃이 마치 총구에서 나오는 것 같았다. 두 연놈들은 흔들리면서 절대 총은 놓지 않았다.

오히려 더 세게 잡았다. 내 오른손은 점점 뒤로 빨려 들어갔다. 점점 총 몸통 쪽에서 총구 쪽으로 손이 미끌렸다. 저 앞에 좌회전 구간이 보였다.

"차 세워! 뒈지기 전에!!"

명령이지만 정목이 이놈도 떨림이 섞인 목소리였다.

나는 명령에 충실했다. 급브레이크를 밟았다.

끼이이이익!!

쩍!

오징어는 앞좌석에 부딪혔다. 얼마 전 들어 본 소리와 똑같았다. 또 오른쪽 광대뼈가 무너지는 소리. 오징어는 바로 기절했다. 진심으로 미안했다.

정목이 몸뚱아리는 내 바로 옆으로 쑥 삐져나왔다. 총을 꽉 잡고 있느라 중심도 완전히 잃었다.

그러면서 또 탕!

얼떨결에 내 오른쪽 허벅지에 총알이 박혔다.

"윽!!"

총소리만큼이나 내 비명도 크게 울렸다. 이젠 정목이와 같은 처지다. 다시 오른발로 액셀러레이터를 밟았다. 오른쪽 허벅지에 고통이 찾아왔다.

위이잉! 부우웅!!

정목이 몸뚱아리가 다시 뒤로 밀렸다. 난 총구에서 총 몸통 쪽으로 옮겨 잡고 버텼다. 좌회전 구간이 앞에 다가왔다. 재빨리 왼손으로 버튼을 눌러 뒤쪽 창문을 내리고 다시 핸들을 잡았다. 이젠 온 사방에서 더운 바람이 침투해서 때렸다. 더운 바람에다 화약 냄새까지 내 콧속을 때렸다. 오른손 악력도 수명을 다했다. 정목이가 두 손으로 총을 잡아당기자 난 총구를 놓치기 직전이었다.

좌회전 구간 전방 약 5미터 전이었다.

내 오른손이 뒤쪽으로 확 딸려 갔다. 오른손은 총을 놓치는 동시에 왼손은 핸들을 왼쪽으로 꺾었다.

탕!

다섯 번째 총알이 발사되고 차는 오른쪽으로 기울었다. 가드레일에 부딪쳐 타고 올라갔다. 공중 2회전. 옆 창문으로 푸른 하늘과 돌무지 땅이 번갈아 빠르게 지나갔다.

예전 급발진 사고를 다시 보기 했다. 저번처럼 안전벨트와 에어백만 믿었다.

쿠궁쿵쿵쿵!!

굵은 돌무지 위로 떨어져서는 몇 바퀴나 굴렀다.

"어어어어어아악!!"

뒷좌석에는 둘 다 창문 밖으로 튀어 나가는 맑고 고운 소리가 멋진 화음을 이루었다. 언제 깨어났는지 오징어도 멋진 비명에 동참했다.

쿠궁! 털썩!

운 좋게 네 바퀴가 바닥에 섰다. 높은 점수의 착지였다.

난 에어백에 처박은 얼굴을 들었다. 혹시나 하고 룸미러를 통해 내 얼굴을 봤다. 다행히 멀쩡했다. 안전벨트에 가슴이 심하게 짓눌렸는지 아팠다. 하지만 중요치 않았다. 안전벨트를 풀고 얼른 내려 두 연놈들을 찾았다.

"악!"

잠시 오른쪽 허벅지를 잊고 있었다.

오징어는 이미 저 멀리 나뒹굴어 있었고, 정목인 비탈길 돌무지

저편에 널브러져 있었다. 그래도 총구는 이쪽을 향해 꽉 쥐고는 얼굴을 돌무지에 숙인 채 온몸이 꿈틀거렸다.

난 피나는 허벅지를 오른손으로 누르며 정목이에게 다가갔다. 그놈 오른발 의족은 뒤쪽에 주인을 잃은 것처럼 미아가 돼 있었다. 그놈은 의족이 없는 줄도 모르고 잘린 다리를 흉물스럽게 휘저었다.

난 돌무지에 큰 돌을 집어서 그놈 머리를 조준했다. 돌 무게 때문에 오른다리에 힘이 조금 빠졌다. 총보다 돌로 머리를 찍는 게 더 잔인할 것이다. 하지만 이번에도 살려서 평생 고통을 주고 싶었다.

그래, 이번엔 오른손이다! 의수도 있어야 밸런스가 맞지!

돌을 높이 들어 오른손을 조준했다. 하지만 또 돌 무게 때문에 허벅지에 고통이 전달됐다. 잠시 오른다리가 움찔했다. 하체가 흔들리고 말았다. 어쩔 수 없이 또 망설였다.

탕!

정목이 그놈이 총구를 들어 나를 향해 마지막 한 발을 발사하고 말았다.

억울했다. 정말 억울했다.

죽일 수 있었는데, 내가 먼저 죽어 버렸다.

나는 죽으면서 눈을 떴다.


## 2. 진실 그리고 흥미로운 제안

"아… 박사님, 왜 비극이죠?"

내 눈앞에 큰 얼굴이 어른거렸다.

"예상치 못한 변수는 고객님 의지에 맡겨서 열린 결말로 해 봤습니다. 어쩔 수 없이 망설이는 바람에 의지가 꺾인 겁니다. 대신 짜릿하지 않았나요? 변수에 대응하며 죽음으로써 다시 태어나는 느낌!"

"박사님도 참! 뭔 이런 시나리오를!" 난 헛웃음만 터트렸다.

오 박사는 내 머리의 기계장치를 조심스럽게 벗겨 냈다.

"정말로 2040년에는 타임머신 같은 기계가 발명될 수도 있겠네요."

난 방금 일을 리얼하게 겪은 터라 머릿속에는 시간 여행 환상에 젖어 있었다.

"아니요! 절대! 과학 이론상 불가능합니다."

오 박사는 무슨 소리냐는 말투로 딱 잘라 말했다.

내가 순간 뻘쭘했다.

"하지만 지금이 2030년이니 그땐 이 '최면 시간 여행 프로그램'이 더욱 발전할 겁니다. 획기적인 발명이죠. 하하하!"

오 박사는 기계장치를 정리하며 하얀 이를 드러내다 못해 목젖까지 보였다.

"그, 그렇겠네요."

난 시간 여행 환상에서 빠져나왔다.

내가 방금까지 즐긴 건, 진짜 시간 여행이 아니라 오 박사가 만든 최면 프로그램이었다. 최면 기계를 통해 의뢰인의 기억들을 토대로 가상현실을 만든 다음, 의뢰인들의 욕망을 채워 주는 프로그램. 시간 여행이 개발된 2040년이라는 미래 세계가 시작 장소로 설정되어 있어 더 리얼한 체험을 할 수 있었다. 비록 이번에는 배드 엔딩으로 끝나 버렸지만….

난 침을 한 번 삼켰다.

"어… 다음엔 제가 시나리오를 짜도 될까요? 제가 작가 지망생이거든요." 난 일어서면서 박사 눈치를 살폈다.

"제발 좀 짜 주세요! 전 글솜씨가 없어서… 이번 시나리오도 약간 어설펐을 겁니다. 허허." 박사의 말투는 조금 전 자신감은 쏙 들어간 말투였다.

오 박사는 마저 기계장치를 마무리하고 난 옷을 주섬주섬 입었다. 잠시 침묵이 흐른 뒤 난 옷매무새를 정리하면서 진지 모드로 박사에게 혼잣말처럼 말했다.

"원래 기억을 지울 수만 있다면 정말 좋겠군요."

그럼 난 정신질환도 없었을 것이다.

"안 그래도 기억을 삭제하는 기술은 개발 중입니다. 그래도 고객님은 다행입니다. 어떤 고객은 최면이 잘 안돼 치료가 힘든 사람도 있지요."

오 박사는 미리 끓여 놓은 차를 찻잔에 따랐다.

난 누군지 모르지만 이 좋은 프로그램을 즐길 수 없다는 게 안타까웠다.

"그래서 한 가지 방법을 찾아냈죠. 다른 사람이 대신 최면 속으로 들어가 대리 만족을 느끼게 하는 겁니다."

오 박사는 찻잔을 나에게 내밀며 말했다.

"대리 만족이요?" 난 찻잔을 받아들고는 잠시 멈칫했다.

"네. 여기 한 개 더 있는 기계로 두 사람을 뇌에 연결시킬 수 있습니다. 그러면서 최면을 공유하며 대리 만족을 느끼게 하는 거죠."

오 박사는 옆에 있는 기계를 보란 듯이 만지작거렸다.

난 이해가 될 듯하면서도 고개를 갸우뚱했다.

"최면을 공유한다 해도 최면이 안 되는 사람은 결국 중간에 깨어날 텐데 어떻게 대리 만족을 느끼는지…"

난 차를 쓰읍 마시며 오 박사의 대답을 기다렸다. 오 박사는 예상된 질문이었다는 듯 바로 미소를 지으며 대답했다.

"그게 아니고, 최면 의뢰인은 최면을 통해 배경만 제공합니다. 본인은 깊은 최면이 잘 안되니 직접 활동이 어렵지요. 그래서 대리인이 본인의 최면 안에서 시키는 대로 활동하는 것을 보며 대리만족을 느낄 수 있는 시스템입니다."

"오! 진짜 이건 국가 차원에서 상 하나 줘야 되겠는데요! 미리 축하드립니다."

난 차를 쓰읍 마시며 립서비스했다. 그 바람에 입천장이 데일 뻔했다.

"상요? 정부는 최면이 비과학적이라고 거들떠도 안 볼걸요."

오 박사의 말투엔 정부를 향한 불만이 묻어 있었다.

하기야 정부 입장도 이해가 갔다. 하지만 이 좋은 실험을 알아주지 않으니 박사도 신경질이 날 만도 했다.

"후루룩!" 오 박사는 속마음이 들켰는지 나보다 더 세게 차를 흡입했다. 입천장이 데였는지 바로 찻잔을 내려놓으며 말을 이었다.

"그래서 말인데 고객님, 제 부탁 하나만 들어주세요. 다른 의뢰인의 최면 속으로 대신 들어가 주세요."

"제, 제가요?" 난 차를 마시려다 박사를 쳐다봤다.

순간 다른 사람 최면을 공유해서 치료한다는 상상을 했다. 흥미로운 제안이었다.

"이때까지 최면 프로그램 실험 중 고객님이 제일 잘됐습니다. 그래서 저도 편하게 했습니다."

오 박사는 차를 마시며 나에게 엷은 미소를 보냈다.

박사의 칭찬에 난 우쭐했다.

"하긴, 저처럼 복수하고 싶은 사람이 많겠네요. 여기서 발산하니 스트레스가 확 풀려요."

난 순간 나에게 조현병이 있다는 걸 잊었다.

"그럼 해 주시겠어요? 비용은 상대방이 부담하니 고객님은 그냥 즐기시면 돼요." 오 박사는 이미 내가 예스라고 한 듯 고마운 표정으로 쳐다봤다.

"까짓 것! 진짜도 아닌데 해 보죠, 뭐."

난 공짜로 시간 여행을 한다는 상상에 무조건 오케이였다.

며칠 뒤 난 다시 오 박사의 가게에 방문하여 소파에 앉아 기다렸다. 의뢰인이 들어오자 눈인사를 했다. 건장한 체격의 중년 남자였다. 각진 스포츠머리에 모공이 크고 두꺼운 피부의 얼굴, 눈매는 위로 찢어져 뭔가 불만이 가득해 보였다.

최면이 절대 안 걸릴 만했다.

"잘 부탁드립니다. 제가 과거에 한 맺힌 놈이 있어서 이렇게 어려운 부탁을 드립니다."

의뢰인이 앉으며 손을 내밀어 악수를 청했다. 겉모습만큼이나 말투에는 위압감이 서려 있어 나도 모르게 두 손으로 악수했다.

"아, 아닙니다. 저도 시간 여행도 하고 좋지요 뭐. 하하."

그는 손까지 묵직했다.

"이미 말씀드렸지만 개인 정보 보호상 두 분 소개는 자세히 하지 않겠습니다."

오 박사는 주의 사항 몇 가지를 다시 일러 주었다.

"그럼 이분이 제 고용주고 저는 킬러가 되는 거네요?"

난 미소를 띠며 상체를 뒤로 조금 젖혔다.

"킬러요? 아, 허허. 그런 셈이죠."

의뢰인은 킬러라는 말에 겉모습과 달리 잠시 놀라는 눈치였다.

"그럼 제가 누굴 죽이… 아니, 혼내 주면 되죠?"

"고객님도 아시는 분일 겁니다. 여당 대표 박정호."

의뢰인은 담담하게 말했다.

여당 대표라는 말에 난 젖혔던 상체를 바로 했다.

의뢰인도 내가 놀랄 거라는 걸 예상했는지 바로 이유를 설명했다.

"박정호는 대외적 이미지만 좋지요. 실상을 알면 그놈은 절대 정치를 해서는 안 되는 놈이에요. 나와 가족한테 저지른 악행은 이루 말할 수 없지요. 학창 시절부터 절 괴롭혔죠."

의뢰인은 말하면서 얼굴이 일그러졌다. 일그러진 얼굴에 큰 모공은 더욱 돋보였다. 학창 시절이라는 말에 나도 얼굴을 일그러트렸다.

"박정호…? 아, 티브이에서 몇 번 봤습니다. 제가 외국에 살다 온 지 얼마 안 돼서 바로 안 떠오르네요. 정치는 제가 일절 관여를 안 합니다. 허허허."

머릿속으로 이제 얼굴이 기억났다.

"저는 박정호에게 복수하기 위해 최면 속으로 갔지만 몇 번이나 중간에 깨는 바람에 실패만 했어요. 그것 때문에 더 스트레스가 쌓였습니다."

의뢰인은 오 박사를 슬쩍 쳐다보며 어색한 미소를 지었다.

오히려 의뢰인이 괴롭혔을 얼굴인데, 학생 때는 나처럼 귀엽게 생겼나 보다 했다.

"그런 놈이 지금 여당 대표라니 전 어이가 없죠. 게다가 차기 대선주자라니…. 정말 현실에서도 죽이고 싶습니다. 나중에 대선 후보로 나오면 만행을 다 폭로할 겁니다." 의뢰인의 목과 어깨는 잔뜩 힘이 들어갔다.

"의뢰인님, 더 이상의 이야기는 개인 정보 보호상 안 됩니다." 오 박사가 일단 말을 막았다.

이미 다 말한 것 같은데 너무 늦은 감이 있었다.

"아, 죄송합니다. 제가 흥분해서 그만." 의뢰인은 고개를 숙였다.

"그럼 제가 지금 죽이고 나중에 의뢰인께서 폭로하면 그놈은 두 번 죽는 게 되네요. 하하하!" 난 분위기 전환차 킬러 농담을 던져 봤다.

"그렇군요. 허허."

다행히 의뢰인이 내 농담을 받아 주었다.

오 박사는 어색한 미소를 지으며 허브차를 준비했다. 두 명이 동시에 하기 때문에 최면이 늦게 걸릴 수 있다고 했다. 그래서 허브차를 마시면 마음이 안정되고 잠자듯이 최면이 잘 걸린다고 했다.

"고객님께서 과거 기억에서 복수한 걸 생각하시면 의뢰인님의 마음을 잘 아실 겁니다."

오 박사는 허브차를 우리에게 건네고는 기계장치 쪽으로 발길을 옮겼다.

"이렇게라도 저의 한을 풀고 싶습니다. 잘 부탁드립니다."

의뢰인의 얼굴엔 간절함이 녹아 있었다.

"네. 잘 알겠습니다. 자, 홀짝홀짝 원샷!"

난 분위기에 맞지 않는 농담을 던지며 차를 홀짝 마셨다.

의뢰인도 홀짝홀짝 들이마시듯 했다.

"자, 이제 두 분 다 긴장을 푸시고 마음 편히 누우세요."

오 박사는 기계장치 전원을 연결했다. 난 심호흡을 한 번 하고 기계장치로 발길을 옮겨 준비했다. 한 번 해 봤던 터라 기계장치가 친근했다. 의뢰인도 옆에 와서 준비했다.

오 박사는 기계를 조작하며 내가 대신 복수해 주는 거라서 한 번에 성공해야지 실패하면 다시 최면 속으로 들어가는 게 힘들다고 했다.

"남의 최면을 대신하는 거라 느낌이 다를 수 있으니 꼭 명심하세요. 그리고 고객님은 며칠 전에 해 봤기 때문에 현실감이 더 높을 거예요."

오 박사는 누워 있는 우리 몸에 패치를 붙이며 기계장치를 조작했다.

"현실감이 높으면 저야 좋죠. 허허."

난 빨리 미용실 기계장치를 씌우라고 하고 싶었다.

"의뢰인이 직접 짜 놓은 시나리오대로 할 겁니다. 그래서 중간중간에 의뢰인과의 대화가 있을 겁니다. 그래야 의뢰인이 대리 만족감을 높일 수 있으니까요."

박사는 우리 둘에게 기계장치를 덮어씌웠다.

"곧 과거 속으로 빠져들 겁니다. 의뢰인님, 구체적 장소와 시간을 한 번 더 말씀해 주세요."

"딱 10년 전, 2020년 4월 1일, 장소는 박정호 집 근처. 난 차에 타고 있어요."

난 의뢰인의 말을 들으며 서서히 최면 속으로 빠져들었다.

"고객님, 고객님! 이제 눈을 뜨셔야 됩니다."

귓속에서 목소리가 웅웅거리며 들렸다.

마치 몇 시간을 잔 듯한 기분이었다. 최면을 공유하는 거라 진짜 느낌이 달랐다. 나는 차 안 운전석이었다. 고개를 들어 앞 유리로 밖을 봤다.

"고객님, 이제 의뢰인이 지시를 할 겁니다."

나는 귀를 기울였다.

"보이는 저택이 박정호의 집입니다. 오후 2시에 경호원 두 명과 함께 나올 겁니다."

의뢰인의 목소리는 조금 전과는 달리 비장함이 담겨 있었다.

차 안 시계를 보니 1시 40분이었다.

"10년 전에도 경호원을 두었나 보네요." 난 앞 유리 가까이 몸을 기울여 고개를 들어 큰 저택을 쳐다봤다.

"네. 워낙 귀하신 몸이라서. 조수석을 보세요."

6연발 권총이 있었다. 슬쩍 집어 들어 올렸다. 감회가 새로웠다.

"근데 전 오른손잡이라 왼쪽 운전석 창문 열고 쏘기가 힘든데요?" 난 권총을 이리저리 만지며 앞을 한번 봤다.

"박정호가 차 옆을 지나가면 창문을 열고 뒤에서 머리통을 쏘면 됩니다. 경호원 때문에 정면에서 쏘기 힘들 거예요. 몸을 최대한 창문 밖으로 내밀어 두 손 잡고 쏘세요. 주의할 건 옆으로 지나가자마자 창문을 내리지 마세요. 소리가 들릴 수 있습니다. 완전히 지나간 다음에 하세요." 의뢰인이 침착하게 설명했다.

"걱정 마세요. 총은 제가 좀 쏴 봐서 잘 압니다." 난 또 우쭐대며 총알이 들어 있는지 확인했다.

"네. 지금 시뮬레이션해 보세요. 밖에 사람들이 있으니 총은 그대로 두시고 행동만 해 보세요. 아 참! 그리고 한 가지 기쁜 소식은 그놈은 머리통이 크다는 겁니다."

"헛!" 난 헛웃음을 짓고는 시키는 대로 했다.

놈들이 창문 옆을 지나는 상상을 했다. 버튼을 눌러 창문을 서서히 내렸다. 재빨리 몸을 빼내 뒤로 돌렸다. 두 손 잡고 총 쏘는 시늉을 했다. 몇 번이나 반복했다.

그리고 잠시 뻘쭘해했다. 맞은편 벤치에 앉은 어르신들이 내 모습을 쳐다보고 있었다.

보든지 말든지.

남의 최면인데도 더 현실적이었다.

"고객님, 대신하는 거라 한 번에 성공하셔야 합니다."

오 박사가 끼어들어 또 주의를 당부했다.

"끝나면 바로 앞에서 오른쪽 길로 도망치세요. 산으로 가는 샛길이 보일 거예요. 계속 가다 보면 흰색 차가 대기하고 있을 겁니다. 그 차를 갈아타고 산장으로 오시면 됩니다. 샛길에는 CCTV가 없으니 안전해요." 의뢰인이 한결 부드러워진 목소리로 설명했다.

"있어도 상관없어요. 흐흐." 난 앞에서 오른쪽 길을 확인했다.

"그렇죠. 최대한 제가 현장감을 느끼고 싶어서 도망가는 것까지 시나리오를 짜 봤어요. 무슨 일 있으면 오 박사를 부르시면 됩니다."

"네."

우리 둘 다 최면에 걸린 상태에서 이렇게 쉽게 대화가 가능하다니, 한편으론 이해가 되지 않았지만 난 비장한 각오로 즐겼.

난 권총을 꽉 쥐었다. 고개를 스트레칭하듯 몇 번 돌려서 긴장을 풀었다. 높은 담벼락을 한번 보고는 저택의 큰 철문만 쳐다봤다. 시커먼 철문은 세로로 큰 입을 굳게 다문 채 부동자세였다. 몇 분이 흘렀다.

철커덩!

묵직한 철문이 입을 열었다. 경호원 두 명이 먼저 나오고 박정호가 나왔다. 얼굴이 10년 전이나 최근 티브이에서 얼핏 본 거나 비슷했다. 그동안 관리를 잘했거나 아니면 처음부터 노안이었겠지.

"나왔습니다." 권총을 잡은 오른손에 힘이 들어갔다.

왼손으론 창문 버튼 누를 준비를 했다.

"지나갈 때까지 기다리세요." 의뢰인의 목소리는 긴박감 그 자체였다.

경호원들은 앞뒤를 습관처럼 둘러보더니 양옆에서 호위하며 이쪽으로 왔다. 10미터쯤 앞에서 경호원들이 내 차를 훑었다. 난 얼른 눈을 피해 고개를 숙였다.

"선팅이 찐하게 된 차니 안심해도 됩니다."

난 쑥스러움을 묻어 두고 당당하게 고개를 쳐들어 그들을 훑었다. 까만 양복에 선글라스. 겉모습이 왠지 영화에 나오는 전형적인 나쁜 놈 캐릭터였다.

5미터쯤 됐을 때 왼쪽 경호원이 차 유리를 째려봤다. 모르고 눈을 피하려다 나도 째려봤다. 차 옆을 지나가면서 투시하듯이 또 차 안을 째려봤다.

그래서 어쩌라고! 날 처음이자 마지막으로 보게 될 거야!

옆을 완전히 지나가자 왼손으로 창문 버튼을 눌렀다.

쉬이잉, 너무 빨리 버튼을 눌렀나 싶었다.

왼쪽 경호원은 직감적으로 뒤를 돌아봤다. 선팅한 창문이 밑으로 내려가자 사이드미러로 째려보는 내 얼굴을 들키고 말았다. 놈의 선글라스가 움찔했다.

난 반사적으로 몸을 창문 밖으로 빼내 왼쪽으로 돌렸다. 놈도 반사적으로 뒤돌아서 박정호를 덮치듯이 감쌌다.

"엎드리세요!"

탕!

왼쪽 경호원의 고함과 내 총소리가 부딪치며 경호원의 뒤통수에서 피가 튀겼다.

"이런! 씨이!!"

총에 맞은 경호원은 박정호 위로 고꾸라지더니 살짝 왼쪽으로 쓰러졌다. 박정호는 왼쪽으로 고개를 돌렸다가 멈칫하며 그 자리에 웅크리고 앉았다. 난 다시 총을 발사했다.

탕!

하지만 이번엔 오른쪽 경호원이 이미 박정호를 감싸안았다. 경호원은 등에 총을 맞고 뒤로 나자빠지며 쓰러졌다.

역시 경호원들이란….

얼떨결에 방해물 둘을 제거하니 남은 건 박정호!

"계, 계속 쏘세요!" 의뢰인의 떨리는 목소리가 내 심장까지 전달됐다.

난 오른손 집게손가락을 방아쇠에 다시 걸었다. 박정호는 혼자 남은 자신의 처지를 아는지 두 손으로 머리를 감쌌고, 꿇어앉은 두 다리는 벌벌 떨었다. 그 모습은 마치 내가 일진들한테 샌드백이었던 모습 같았다. 난 샌드백 기억을 지우려 집게손가락을 세게 구부렸다. 박정호도 몸을 더 구부려 땅바닥과 키스 직전이었다. 자신의 머리통을 땅속으로 파고들듯이 바짝 당긴 채 말이다.

탕! 탕!

하지만 총알을 이길 순 없었다. 한 발은 머리를 감싼 손등에, 한 발은 대가리에 박혔다. 머리통이 큰 게 고마울 따름이었다. 곧바로 쓰러진 박정호는 땅바닥에 절을 하듯 처박혔다. 핏줄기가 손등과 머리를 내리막길 삼아 흥건히 흘러내렸다.

"죽었어요?" 의뢰인의 다급한 질문이 들어왔다.

"네. 머리에 맞았어요! 이건 죽었어요!" 덩달아 나도 다급하게 답변했다.

"그럼 나머지 두 발도 머리를 쏘고 도망치세요!" 의뢰인의 안달

난 목소리가 고스란히 내 권총을 자극했다.
 난 박정호를 그놈과 그년으로 치환시켜 총알을 연속으로 내뱉었다.
 탕! 탕!
 기관총이었으면 더 좋았을 뻔했다.
 주변 주택에서 누군가 창문을 열고 웅성거렸다.
 웅성거리든지 말든지!
 그제야 맞은편 벤치를 봤다. 어느새 어르신들이 벤치 뒤에 숨어 꿈쩍도 하지 않고 빼꼼히 보고 있었다. 잘 보이진 않았지만 분명 늙은 눈동자가 휘청거렸을 것이다.
 어르신들 인생 말년에 이런 걸 보여 주게 되어 미안했다.
 얼른 총을 조수석에 던지고는 창문을 닫고 시동을 걸었다.
 부우웅!
 난 의뢰인이 미리 알려 준 길로 도망쳤다. 사이드미러와 룸미러를 몇 번이나 번갈아 보며 흰색 차가 보일 때까지 액셀러레이터를 밟았다. 조수석 권총 총구에서는 아직도 옅은 연기가 피어올랐다. 자신의 임무를 다한 쾌감인지 허옇고 옅은 숨을 내쉬었다. 그제야 나도 빠져나가지 못한 화약 냄새에 창문을 활짝 열었다. 구불구불한 길을 몇 번 반복하니 흰색 차가 나타났다. 한 사람이 미리 나와 뒤쪽 문을 열고 서 있었다.
 난 긴급한 척 차에 내려 멋지게 문을 닫았다.
 아니지. 총!
 난 다시 차문을 열고 조수석 총을 수거하고 흰색 차 뒷좌석에 옮겨 탔다. 뒷좌석에 또 한 명이 있었다. 양쪽에 덩치들 사이에 끼여 납치당하는 기분이었다. 운전자는 뒤통수만 날 맞이했다.
 얘도 머리통이 크네.

인사할 틈도 없이 차는 급출발해서 낮은 산을 넘어갔다. 킬러 역할을 했더니 심장 떨림 속도가 빠르고 경쾌한 비바체였다.

의뢰인은 스릴 만점이었겠지?

양옆에 덩치들은 눈길 한 번 주지 않고 묵묵히 앞만 봤다. 온몸에 깁스를 한 모양이다.

난타 플러스 비트박스 기분 좀 맞춰 주면 안 되냐 덩치들아!

난 곁눈으로 째려보듯 두 덩치를 번갈아 봤다. 덩치들 눈에서 직선으로 레이저가 나올 것 같았다.

"산장까진 멀진 않겠죠?"

난 어색한 분위기를 깨고자 번갈아 보며 질문을 던졌다.

그들은 역시 대답 없이 앞만 보며 레이저를 뿜고 있었다. 마음까지 깁스를 한 모양이다. 나만 또 뻘쭘했다.

"다른 사람들은 시나리오상 대화가 없습니다. 5분 안에 도착합니다. 죽여 줘서 고맙습니다. 이제 좀 스트레스가 풀리네요." 의뢰인 목소리가 가벼웠다.

"네. 근데 차 안 분위기가 험악하네요. 흐음!" 난 헛기침을 하며 심장 박동을 가다듬었다.

차는 좁은 길을 달려 어느 산장에 이르렀다. 자주색 지붕에 갈색 벽돌이 잘 쌓아진 새 건물이었다.

"박사님!" 난 급한 마음에 차가 멈추기도 전에 허공에다 외쳤다.

"오 박사님!"

아무런 응답이 없자 다시 내 심장이 정신을 못 차렸다.

"그냥 산장 안으로 들어가시면 조금 있다가 현실로 돌아옵니다."

뒤늦게 등장한 오 박사님 목소리를 듣고는 정신 나갔던 심장이 제자리로 돌아왔다.

고풍스러운 산장 출입문, 오후 햇빛에 비친 문손잡이에서 은색 빛이 번졌다. 덩치 한 명이 산장 출입문 손잡이를 돌렸다.

안으로 들어서자 정면에 낯선 사람이 의자에 묶여 있었다. 헝클어진 머릿결, 불만을 가득 품은 얼굴에 몇 대 맞았는지 왼쪽 뺨이 부어 있었다. 눈깔사탕을 몇 개 입에 넣은 듯싶었다.

의뢰인도 참, 시나리오를 디테일 하게도 써 놓았구나!

그 옆에는 흰 가운을 입은 또 다른 의사인지 박사인지 한 사람이 다른 덩치와 서 있었다.

4월이지만 꽃샘추위 같은 오싹함이 내 몸을 감쌌다. 또다시 두근대는 심장 박동 소리가 재방송을 시작했다.

"박사님! 이젠 현실로 돌아가게 해 주세요." 난 또 허공에 대고 외쳤다.

퍽!

그러자 누군가 뒤에서 날 추돌하면서 세차게 밀쳤다. 난 고개가 뒤로 젖혀져 뒤돌아볼 겨를도 없었다. 앞으로 몇 발자국 밀려나 무릎을 먼저 바닥에 찧고는 넘어졌다.

쿠쿵!

난 덩치에 부딪힌 줄만 알았다. 아니었다. 덩치들은 내 손을 뒤로 하고는 밧줄로 묶기 시작했다.

"아! 이젠 그만하세요! 최면을 끝낼게요!"

난 양손을 꿈틀거리며 고개를 돌려 신경질을 냈다.

조현병이 되살아났다. 하지만 내 손은 더 꽉 조여 오고 몸이 말을 듣지 않았다.

엎드린 채 밧줄에 묶여 고개를 번쩍 들었다. 온몸을 비틀어 봤지만 움직이는 건 내 상체와 번쩍 치켜든 얼굴, 그리고 산장 안에 메아리치는 내 목소리뿐.

"도와주세요!" 난 급한 마음에 앞에 서 있는 흰 가운에게 외쳤다.

그때 옆쪽 벽에 걸린 달력을 보고 내 머릿속에서 시간과 기억 개념에 혼란이 일었다.

### 3. 진실
*2030년 4월 1일.*

바로 현실의 오늘이었다!

"아까 오 박사님이 산장으로 들어오면 현실로 돌아온다 했잖아요, 고객니미럴!" 앞에 덩치의 조롱 섞인 대답이었다.

뭐지, 이 배신당한 기분은?

"분명히 과거 최면 속이었다고!! 오 박사님과 의뢰인 말이 내 귀에 들렸단 말이에요!!"

난 달력을 한 번 더 확인했다. 분명 2030년 4월 1일이었다.

"거참! 말 많은 고객니미럴이네!"

뒤의 덩치는 귀찮은 듯한 손으로 내 머리채를 잡아 치켜들었다. 그리고 다시 힘껏 눌렀다. 난 힘을 주면서 재빨리 왼쪽으로 얼굴을 돌렸다.

쿵!

왼쪽 귀와 뺨이 나무 바닥에 부딪혔다. 짓눌려진 내 귀와 뺨이 바닥에 스며드는 듯했다. 차가운 바닥 기운이 내 얼굴에 번졌다. 아픈 것보다 왼쪽 귀에서 뭔가 흘러내렸다. 큰 귓밥인 줄 알았다. 덩치가 내 궁금증을 풀어 주듯 다시 내 머리채를 잡고 얼굴을 들어 올렸다.

"잘 봐. 이젠 정확히 이해가 가겠지?"

헉! 이건 소형 이어폰!!
내가 방금 처박힌 바닥에 소형 이어폰이 떨어져 있었다.
난 상황을 되감기했다.
…허브차에 수면제를 넣었구나!!
완전히 속았다.
내 자신이 너무 부끄러워 고개를 떨구고 말았다.
오늘이 진정한 만우절이었다!!

긴급 속보입니다.

왼쪽 벽걸이 티브이에서 나오는 귀에 익은 아나운서 목소리.
난 다시 고개를 들었다. 보나 마나 내 얘기일 것이다. 왼쪽으로 티브이를 노려봤다.

차기 대선 주자 후보였던 시민단체의 김광호 대표가 조금 전 총에 맞아 사망했습니다.

김광호?

경찰은 테러로 규정하고 주변 CCTV를 통해 신원을 조사하고 있습니다.

난 고개를 정면으로 돌려 의자에 묶여 있는 사람을 쳐다봤다. 그 사람도 날 쳐다보며 궁금한 듯 먼저 질문을 했다.
"그럼 당신은 누굴 죽였지? 최성출? 박정호?"
내가 입을 떼려다 아나운서가 입을 막았다.

아! 또 긴급 속보입니다. 역시 차기 대선 주자 후보였던 박정호 여당 대표가 사망했다는 소식입니다. 차량에서 발견된 지문과 당시 주변 목격자들의 증언을 확보하고 있습니다. 한편 나머지 차기 대선 주자 후보들은 오늘 일정을 전면 취소하고 경호를 강화한다고 합니다.


난 온몸에 힘이 빠져 이마를 바닥에 쿵! 처박고 말았다.
산장 출입문이 열렸다. 여러 사람 발자국 소리가 났다. 난 다시 고개를 쭉 들어 뒤로 돌렸다. 오 박사와 의뢰인, 나머지 한 명은 박창우 원장!!
박창우는 내 담당 정신과 의사였다.
"박창우 원장! 고객님 섭외한다고 수고했어." 앞에 서 있던 흰 가운이 미소를 지으며 칭찬했다.
"최 박사님, 이런 게 진짜 노벨상감인데 최면은 취급도 안 해 주니 답답합니다."
"그러니까 우리가 빨리 성과를 내서 세상에 알려야지." 흰 가운의 최 박사도 답답하긴 마찬가지였다.
"그럼 만약에 노벨상 타면 이건 노벨의학상입니까? 아니면 노벨물리학상입니까? 헷갈리네요. 허허." 박창우 원장이 웃으며 다가왔다.
"정신치료 해 주니까 노벨의학상인데… 과거로 돌아갔으니 노벨물리학상도 되겠네요. 저도 헷갈리네요. 허허."
"그럼 둘 다 받으면 되겠네요. 하하!"
"최 박사, 내기에서 내가 졌네. 나보다 먼저 성공했군." 오 박사도 미소를 지었다.
"당신들이 무슨 박사야!" 의자에 묶인 사람은 몸부림을 치며 목에 핏대가 우뚝 솟아올랐다.

최 박사 옆의 덩치는 의자에 묶인 사람에게 입 다물라는 말 대신 어깨를 짓눌렀다.

난 모가지를 들어 오 박사를 향했다.

"그냥 실험만 하면 되지 사람을 죽일 필요까진 없잖습니까?"

난 입술을 실룩거리며 어금니를 꽉 깨물었다.

"고객님한테는 미안하게 됐어. 분노는 가라앉혀. 다음 실험에 지장을 주니깐. 군대를 장교로 갔다 와서 사격 솜씨가 좋더군." 오 박사의 온화하던 모습은 온데간데없었다.

"지금 당신들 무슨 짓을 벌이고 있는 거야?"

"뉴스 봤겠지만 우리와 여기서 실험하는 게 더 안전해. 세상을 위해 희생한다고 좋게 생각해." 오 박사는 어느새 내 앞에 와 있었다. 그러고는 내 앞에 쪼그리고 앉더니 다시 말을 이었다.

"고객님이 과거 기억을 지우고 싶다 했잖아. 조만간 그거 실험할 거야. 환자들 치료도 하고, 의학 기술도 발전시키고, 일석이조야."

진짜 정신 나간 놈들!

"당신은 성과에만 집착하는 살인자일 뿐이야! 정신 치료는 당신들이나 해야 해!"

난 조현병이 머릿속에서 꿈틀거리며 튀어나올 것만 같았다. 내 인생을 배신당한 이 상황이 아직도 최면 상태 같았다.

"흥! 그래도 고객님은 최면으로 스트레스 풀었잖아. 나한테 고마워하라니깐!" 오 박사는 더 이상 얘기하기가 싫은지 일어나 돌아섰다.

"그땐 좋았지. 하지만 현실은 아무것도 변한 게 없어서 더 슬플 뿐이야. 허무함만 남았어. 결론은 당신 실험은 실패야!"

오 박사는 다시 돌아서며 내 앞에 쪼그려 앉았다.

"오, 좋은 지적이야. 그러니까 아예 기억을 삭제하는 실험을 하는 거야. 윤성국 박사가 했던 실험도 쥐새끼로만 실험하는 건 한계가 있어. 인간 자체가 최고지. 그것도 살아 있는 뇌를 실험해야 빨리 끝날 수 있거든. 참 나, 정부에서는 윤성국한테 뇌 연구라는 명목으로 지원해 주고, 우리 최면 치료는 무슨 미신처럼 알고 있어. 최면도 얼마나 과학적인데 말이야. 두고 보라고, 이건 세기의 발명이야!" 오 박사는 눈을 깔고 나를 노려보며 앞머리를 쓸어 올렸다.

"이 최면 치료 기술은 정말 획기적이야." 박창우 원장은 부러움 가득한 말투로 칭찬했다.

"당연하지. 이걸로 많은 사람들이 정신 치료를 할 수 있어. 근데 정부에서는 부작용이 검증되지 않았다고 실험 지원을 미루고 있으니 참 답답해. 어리석은 정치인들!" 최 박사도 눈살을 찌푸리며 현 정부에 반감을 드러냈다.

다음 날 최성출 야당 대표는 일정을 비공개로 하고 부산 서면에 젊음의 거리로 향했다.

"부산 시민 여러분! 또 왔습니다. 항간에는 다음 테러 대상은 저라고 조심하라…."

"대표님 보호해!!"

그때 경호책임자가 오른쪽 건물을 보며 소리쳤다.

경호원들은 몸을 날려 대표에게 달려들었다.

픽!

그러나 이미 총알은 날아들고 최성출은 경호원들에게 떠밀려 쓰러졌다.

"윽!" 최성출은 쓰러지며 왼쪽 귀를 양손으로 감쌌다.

최성출은 경호원들을 뿌리쳤다. 왼손으로 귀를 감싸고 오른손은 마이크를 잡았다.

"대한민국 국민 여러분! 민주주의가 테러 때문에 멈추면 되겠습니까? 여기서 멈출 순 없습니다!!"

최성출은 얼굴이 일그러지며 바닥에 쓰러지듯 누웠다.

> 긴급 속보입니다. 최성출 야당 대표도 조금 전 테러를 당했다는 소식입니다. 다행히 경호원들의 대처로 총알은 빗겨 맞았고 생명에는 지장이 없다고 합니다.

"야아! 최성출이 연기는 칸 영화제 대상감이야. 박창우 원장! 최성출과는 확실히 얘기가 끝났겠지?" 오 박사는 확인차 물으며 담배 한 개를 꺼내 입에 꽉 물었다.

"당연하지. 당선되면 확실히 밀어준댔어."

"오케이. 정치는 말이야, 옳고 그름을 따지는 게 아니거든."

그럼 뭔데 이 또라이들아!!

"이해관계를 따지는 거지."

티브이에서는 총에 맞고도 자기 할 말 다하는 최성출의 모습을 반복적으로 보여 주었다.

**〈대통령 선거 직후〉**

눈깔사탕과 나는 다시 억지로 침대에 누웠다. 미치광이들은 우리 입을 청테이프로 막았다.

"비밀 실험 승인이 떨어졌어. 마취하기 때문에 고통은 없을 거야.

여기 유명한 윤성국 뇌 과학자도 왔지. 윤 박사가 당신들 뇌를 좀 건드릴 거야." 오 박사가 우리 둘을 내려다보며 말했다.

오늘따라 밑에서 올려다보는 얼굴은 완전 대갈통 박사였다.

난 오른쪽으로 고개를 살짝 돌려 윤 박사를 봤다. 실종된 게 아니었다. 그동안의 연구 때문인지, 납치 때문인지 얼굴엔 주름이 가득했다. 마치 쭈글쭈글해진 오이지 같았다. 윤성국은 우리 둘을 불쌍하게 번갈아 바라봤다. 그러고는 고개를 저었다.

"진짜 다들 미쳤어. 꼭 이런 식으로 업적을 남겨야 되겠어요?" 윤성국은 붉게 달아오른 얼굴로 인상을 썼다.

주름이 더욱 깊게 파였다.

옆에서는 오 박사와 최 박사, 박창우 원장이 뇌 수술 도구를 내려놓는 소리가 들렸다. 난 고개를 이리저리 돌렸다. 어디선가 많이 봤던 도구들이 널려 있었다. 그중에서 두개골을 절단하는 작은 전기톱 같은 것이 눈에 확 들어왔다.

윙윙~!

아직 작동도 하지 않았는데 벌써 끔찍한 소리와 내 두개골이 갈라지는 걸 상상해 버렸다. 내 심장은 무당이 방울을 흔들며 작두를 타는 사물놀이 굿판이었다. 심장을 움켜쥐고 박동을 멈추고 싶었다.

눈앞에 주사기 바늘이 왔다 갔다 했다.

"음… 음…." 청테이프가 뜨거운 입김에 씰룩거렸다.

오 박사는 아무 말도 하지 않고 뾰족한 바늘을 찔러 날 마취시켰다.

위이이잉!

난 눈이 감기면서 청테이프를 찢을 듯 다음과 같이 소리치고 싶었다.

"안 돼애!! 더 이상 ㄴㅐ 기억ㅇ―ㄹ ㅈㅗㄱㅏㄱ ㄴㅐ지 ㅁㅏ…."

제4장: 21세기 호접몽

# 못다 한 이야기

똑똑!
옅은 노크 소리가 났다.
똑똑!!
오른쪽 귓구멍에서 노크 소리가 울렸다.
"일어나, 이 녀석아!"
난 얼굴을 한 번 떨면서 고개를 번쩍 들었다.
톡!
"악몽을 꾸었느냐?"
옆에 스님이 목탁 치는 채로 내 머리를 때린 모양이다. 그 전의 노크 소리는 채로 반상을 두드린 소리였다.
그제야 난 정신을 차렸다. 법당 부처님 앞 반상에 엎드려 자다가 꿈을 꾸었던 것이다.
"어디 신성한 부처님 앞에서 자느냐? 그리고 안 돼애!! 하면서 뭐라 한 것이냐? 설마 부처님을 꾸짖은 건 아니겠지? 절에 수행하러 왔으면 수행이나 잘할 것이지. 어서 밖에 나가 마당이나 쓸거라."
난 순간 이동 속도로 머리통을 두 손으로 잡았다. 앞통수, 뒤통수, 옆통수까지 머리를 감듯 비벼 댔다. 그리고 뒤돌아 가려는 스님의 목탁과 채를 덥석 두 손으로 잡았다. 내가 꽉 잡자 스님도 당황했는지 눈빛이 흔들렸다.
"생명의 은인이십니다, 스님! 하마터면 내 대가리, 머리가 박살 날 뻔했어요!"
나의 기막힌 행동에 스님은 동공만 커진 채 멀뚱히 내 눈만 쳐다봤다.

"아직도 꿈속이냐? 꿈속에 정신머리가 단단히 박힌 모양이구나!" 스님은 그제야 내 두 손을 걷어 내며 돌아섰다.

"정신머리만 단단히 박힌 정도가 아닙니다. 내 머리까지 조각날 뻔했지요, 스님! 하하하!!" 난 스님보다 앞질러 법당 문을 열고는 맨발로 나가 똑바로 섰다.

오후 햇살이 내 얼굴을 때렸다.

이 자유를! 이 생명을!

눈이 부셨지만 햇빛을 0.5초간 맨눈으로 쳐다봤다. 하마터면 못 볼 뻔했던 햇빛이었다.

"비켜, 이 녀석아. 빨리 빗자루나 잡아!"

스님은 짜증난 말투로 날 밀치며 앞으로 걸어갔다.

햇살에 스님 머리가 빛나 또 한 번 눈이 부셨다.

난 긴 싸리 빗자루를 멱살 잡듯이 잡았다. 온몸에 힘을 주어 악몽을 털어 내듯 빗자루 허리가 부러질 정도로 쓸어 버렸다. 자잘한 돌과 모래, 흙, 그리고 속세의 먼지, 악몽의 기억까지 가루로 빻아 버려 저 멀리 날려 보냈다.

그렇게 호접몽은 끝이 났다.

* * *

똑똑!

"들어오게나."

육지 대한민국 대통령이 스테이플러로 집힌 10여 장의 A4 출력물을 다 읽고 덮었다. 맨 앞에는 『단편소설 호접몽』이라 적혀 있었다. 대통령 기획실의 꿈꾸는 작가가 배포한 출력물이었다.

비서실장이 문을 열고 들어오면서 이미 눈은 책상 위 출력물로 향했다.

"저도 그 소설 읽었는데 그냥 봐 줄 만했습니다." 비서실장이 말했다.

"꿈꾸는 작가 이 사람, 서해도에 벌거벗은 임금 역모 사건 때도 시나리오 쓰고…. 이러다가 일 안 하고 나중에 소설가 되는 거 아냐?" 대통령은 슬쩍 웃으며 말했다.

"그냥 취미로 한다니 냅둬 보십시오. 허허."

"진짜 소설처럼 정치가 이렇게 될까 봐 걱정이야. 하도 요즘 희한한 정치인들이 많아서 말이야."

대통령은 윗옷을 걸쳐 입으며 자리에서 일어났다.

"세 나라 왕들은 다 와 가지?"

대통령은 가벼운 옷차림으로 미팅하러 출발했다.

서해로 가는 차 안에서 대통령은 밖을 보며 입을 열었다.

"내일은 민생탐방 일정이 부산이라고 했나?"

"네."

"내일도 시장에서 설렁탕 먹으면 되는 건가?" 대통령은 설렁탕이 지겨운 듯 입맛이 당기지 않았다.

"부산 하면 돼지국밥 아닙니까?"

사실, 비서실장 자신이 돼지국밥이 당겨서 메뉴를 그렇게 정해 버렸다.

"난 뼈다귀 해장국이 당기는데."

"뼈다귀 해장국은 살 발라 먹는 모습을 카메라에 담기가 좀 그렇습니다. 그냥 숟가락으로 한 번에 푹 퍼서 입안에 넣는 게 제일 잘 나옵니다."

비서실장은 살 발라 먹는 건 추하게 나올 수 있다고 말할 뻔했다.
"아, 젠장! 대통령 노릇 하려니 이제 먹는 것도 맘대로 못 먹는구먼!"

잠시 뒤 유람선에서 육지 대한민국 대통령, 왕국의 섬 칼자국 임금, 율도국 홍길동 왕, 서해도 벌거벗은 임금이 만났다. 초여름 날씨에 서해 바닷가 햇살에 눈이 부셨다. 유람선 야외 테라스에서 네 사람은 휴가 나온 듯한 폼으로 둘러앉았다. 테이블엔 사각 얼음이 잔뜩 들어간 아이스 아메리카노 네 잔에 이슬방울이 맺혀 조금 흘러내렸다. 15도 각도로 꽂힌 파란 빨대가 바다 색깔과 깔맞춤 했다. 세 왕들은 앞에 거무튀튀한 음료에 흥미를 보이며 쳐다봤다.

"다시 말하지만 저희 육지 대한민국이 개입됐다는 건 절대 비밀입니다."

대통령은 세 사람을 차례대로 눈빛을 맞추며 비밀협약을 꼭 지키라는 말투로 말했다. 그러고는 앞에 아메리카노 한 잔을 들더니 빨대에 입을 가져갔다.

"당연하지요. 이제 우린 한 유람선을 탔습니다. 이렇게 도와줬는데 잘해 봐야지요." 칼자국 임금이 맛이 궁금했는지 제일 먼저 말하면서 아메리카노를 흡입했다. 약간 얼굴을 찡그렸지만 그건 달달한 냉커피와는 다른 처음 맛보는 차고 쓴 맛에 대한 답례였다.

나머지 두 왕도 잔을 들어 맛보았다. 벌거벗은 임금은 맛이 좋았는지 아니면 목이 탔는지 빨대를 제거하고 쭈욱 들이켰다.

"저번 협약대로 우리의 선진 문물을 전파해 주고, 우린 여러분 섬 주변에 해양자원 연구와 탐사, 그리고 비밀군사기지를 설치할 겁니다. 먼저 수십 년 전에 중단됐던 핵무기를 먼저 만들 겁니다. 지금 세상 돌아가는 걸 보면 힘이 있어야 평화가 유지가 된다는 걸 절실히 느낄 겁니다." 육지 대통령이 말했다.

"그건 예나 지금이나 똑같은 것 같소." 벌거벗은 임금이 말했다.

칼자국 임금과 홍길동도 적극 동의한다는 뜻으로 고개를 끄덕였다.

육지 대통령은 이날을 위해 공들인 걸 후회하지 않았다. 이번엔 길게 빨대를 빨아 당기며 저 멀리 서해를 바라봤다. 나머지 왕들도 아메리카노를 입에 대며 같은 시선을 보냈다.

그렇게 육지 대한민국과 왕들은 저 멀리 서해 망망대해를 보며 새로운 세상을 향해 다짐을 했다.

"그나저나 북쪽은 어찌할 작정이신지요?"

감상도 잠시, 홍길동 왕이 조심스레 물었다.

육지 대통령은 북쪽이란 말에 빨대에서 입을 떼며 얼굴이 약간 굳었다. 잔을 내려놓더니 무겁게 입을 열었다.

"북쪽은 계륵입니다. 같이 가자니 방향이 다르고, 버리자니 같은 민족이고. 이러지도 저러지도 못하겠습니다." 육지 대통령은 다시 잔을 들어 빨대를 빼 버리고 원샷 하듯이 들이켰다.

세 왕은 별 할 말이 없는지 아메리카노만 길게 빨아 당겼다.

육지 대통령이 잔을 내려놓았다.

"그래서 우리 남쪽끼리라도 힘을 합쳐 일단 힘을 키우자는 겁니다. 더 이상 우리의 꿈이 호접몽 정치가 되어선 안 되겠지요."

호접몽이라는 말에 세 나라 왕들은 뜻을 알고 있는 듯 고개를 끄덕였다.

# 에필로그

똑똑!

"들어와."

출판사 박 사장은 투고로 받은 소설 원고를 덮었다. A4용지로 출력해서 큰 클립으로 집힌 원고로 단편소설 4편이었다.

"사장님, 최 작가와 약속을 잡았습니다. 내일 오전 10시에 여기서 보기로 했습니다." 김 부장이 문을 열자마자 말했다.

"그래. 확실히 다른 데는 투고하지 않은 걸 확인했겠지?"

"네. 다른 온라인상에서도 글을 올린 적이 없고 저희한테만 투고했다고 합니다."

"말은 그렇게 해 놓고 여기저기 찔러 본다고 투고한 작가가 한둘이 아니야. 이번엔 확실해야 돼."

"그래서 다른 출판사와 정보가 연계되니 거짓말하면 금방 들통난다고 얘기했습니다. 온라인에 글 올렸으면 다 잡아낼 수 있다고 엄포를 놓듯이 얘기했습니다."

"하긴 초보 무명작가라 우리 말이 먹혔을 거야. 며칠 전 통화할 때 말투가 좀 어눌해서 조금만 세게 나가도 우리가 원하는 쪽으로 따라올 것 같았어." 박 사장은 오랜만에 입가에 미소를 띠었다.

박 사장의 계획은 최 작가의 소설을 돈 주고 사서 자신의 소설로 만들어 출판하는 것이었다.

다음 날 최 작가는 다리가 아픈지 왼쪽 다리를 절며 들어왔다. 교통사고로 다쳐서 장애인이라고 밝혔다. 박 사장은 속으로 더 잘됐다 싶었다. 둥근 테이블에 박 사장, 김 부장, 최 작가가 둥굴레차를 앞에 두고 앉았다. 박 사장은 단도직입적으로 하고 싶은 말을 꺼냈다.

"작가님의 원고는 지금 이대로 출판한다고 해도 가능성이 없습니다. 저희 출판사에서 작가님의 작품을 사겠습니다. 저희가 작가님의 이야기를 바탕으로 하여 저희 이름으로 책을 내려고 합니다. 저희만이 작가님의 가능성을 알아본 겁니다. 이런 기회 또 없습니다."

점점 들을수록 최 작가는 어이도 없고 짜증이 났다.

"뭐요? 이건 불법 아닙니까? 불법이 아니라도 이건 양심의 문제지요. 원래 출판사가 이런 곳입니까?"

최 작가는 따지듯이 물었다.

"소설을 그냥 출판하는 것도 아니고 어차피 우리가 많이 다듬어서 출판해야 합니다. 4편 모두 다듬어야 한단 말입니다. 솔직히 말씀드리면 이대로는 이 소설이 몇십 권도 안 팔립니다. 다듬어야 할 게 많단 말입니다."

박 사장이 목에 힘을 주어 말하니 위압감이 있었다.

"그럼 같이 다듬어서 제 이름으로 출판하면 되지요. 인세는 서로 협의해서 나누면 되지, 돈 주고 내 작품을 파는 건 말도 안 되지요."

최 작가는 자신이 초보 작가인 데다 장애인이라 무시하나 싶어 몸에 열이 났다.

"삼백만 원이면 엄청 많이 주는 겁니다. 아직 초보 작가라서 잘 모르시나 본데 이대로 출판하면 본전도 못 건집니다."

 박 사장은 말귀 못 알아 듣는 최 작가가 답답하기만 했다.

 "삼백만 원이고 삼십억이고 간에 내 글을 남한테 팔 순 없지요. 무슨 말도 안 되는 소리 합니까?!" 최 작가는 처음에 말이 어눌했지만 화가 나니 목에 잔뜩 힘이 들어간 어투로 또박또박 뱉어 냈다.

 옆에 있던 김 부장도 답답했는지 차를 한 잔 마시고는 입을 열었다.

 "작가님, 서점에 가 보십시오. 극히 일부 빼고는 다 독자 기억 속에서 사라지는 책들입니다."

 "난 돈보다도 내 만족감에 출판하고 싶을 뿐입니다!"

 박 사장과 김 부장은 통화를 할 때 만만한 느낌과는 달리 쉽게 먹히지 않자 머릿속이 갑갑했다.

 탕!

 최 작가가 오른 주먹을 쥐고 테이블을 내려쳤다. 찻잔 세 개가 동시에 0.2초간 공중부양하며 떨어져 불완전 착지했다.

 "여기 출판사를 SNS에 다 올려서 고발할 겁니다. 희한한 놈들이네! 그래서 증거 안 남기려고 이메일 말고 종이로 출력해서 우편으로 보내라 한 거였네!"

 최 작가는 아픈 다리에도 아랑곳하지 않고 두 손으로 의자를 짚으며 벌떡 일어섰다. 고발이란 말에 박 사장 눈에 힘이 들어갔다.

 탕!

 "손가락 잘못 놀렸다간 명예훼손으로 고발당할 줄 아세요!" 박 사장도 테이블을 치며 최 작가를 노려봤다.

 "헛! 협박하는 겁니까? 공익적 차원에서 올리는데 뭔 명예훼손!" 최 작가는 들은 척도 안 하고 돌아서며 출입문으로 향했다.

김 부장은 둘의 강대강 자세에 어찌할지 몰라 보고만 있었다.

박 사장도 일어나 출입문으로 향했다. 최 작가가 출입문 손잡이를 잡자 박 사장은 그의 어깨를 잡고 돌려세웠다. 최 작가가 다리가 불편해 약간 휘청했지만 곧 중심을 잡았다.

"증거 있어? 고발글 올리려면 녹음을 했어야지." 박 사장이 위협하듯 최 작가 눈을 보며 말을 이었다. "글 올리는 순간 우린 당신이 협박했다고 댓글 달 거니까 맘대로 해. 그럼 당신이 오히려 명예훼손으로 고발당할 테니까 해 볼 테면 해 봐!" 박 사장은 익숙한 듯 비웃으며 말했다.

"이 또라이 새×들! 그래서 녹음했지. 통화할 때부터 느낌이 이상했거든."

사실, 최 작가는 녹음 같은 건 하지 않았다. 하지만 이놈들 하는 꼴이 괘씸해서 내뱉은 말이었다.

김 부장은 눈이 휘둥그레지며 자신도 일어서서 두 사람에게로 다가왔다.

박 사장은 최 작가 멱살을 잡았다. 최 작가도 박 사장 두 손을 잡았다.

"이거 놔!"

"휴대폰 뺏어!" 박 사장이 김 부장을 쳐다보며 외쳤다.

김 부장이 최 작가 호주머니를 뒤지려고 했다. 최 작가는 왼손으로 김 부장을 밀친 다음 바지 주머니에 폰을 왼손으로 꽉 쥐었다. 박 사장의 멱살 잡은 손을 떼어 내려고 오른손으로 힘을 주었다. 한 손인 데다 한쪽 다리까지 불편해 힘이 들어가지 않았다. 그사이 김 부장이 다시 최 작가 몸에 들러붙어 바지 주머니에 최 작가 왼손과 폰을 빼냈다. 김 부장은 두 손으로 힘껏 당겨 폰을 뺏었다.

"가져와!!" 최 작가는 침까지 튀어가며 김 부장을 향해 소리쳤다.

박 사장은 뺏은 폰을 확인하자 볼 장 다 봤다는 듯 멱살 잡은 두 손을 힘껏 밀쳤다. 최 작가의 다리가 불편한 건 순간 잊고서 세차게 밀쳐 버렸다.

최 작가는 불편한 왼다리를 뒤로 한 번 짚었지만 중심을 잡지 못하고 어설프게 뒤로 물러나다 넘어졌다. 뒤로 넘어지면서 네모난 책상 모서리에 뒤통수를 찧고 말았다.

쿵!

둔탁하게 부딪히는 소리에 박 사장, 김 부장은 아차 싶었다.

최 작가는 비명 한번 못 지르고 그 자리에 누워 버렸다.

윽!

김 부장이 대신 비명을 지르며 최 작가에게 다가갔다. 손으로 어깨를 살짝 흔들었다. 반응이 없었다. 뺨을 찰싹 소리 날 정도로 쳤다. 역시나였다.

"빨리 119 불러야겠어요!" 김 부장이 박 사장을 쳐다보지도 않고 자신의 휴대폰을 꺼냈다.

"자, 잠깐!" 박 사장이 김 부장 휴대폰을 쳐내자 폰은 바닥에 떨어졌다.

김 부장은 휴대폰을 다시 주우며 박 사장을 쳐다봤다.

"우리 둘 다 감옥 가고 싶어?! 사고사로 위장해야 돼!" 박 사장 눈알이 굴러가며 머리통을 굴렸다.

김 부장은 눈알은 굴러가는데 머리통은 굴러가지 않았다.

"어쩌시려고요? 사장님!" 김 부장의 휴대폰 쥔 손이 떨렸다.

"혼자서 닫힌 문을 세게 열려다 손잡이를 놓쳐 뒤로 넘어졌다 하면 돼. 다리가 불편하니까 충분히 가능한 사고야."

그러면서 박 사장은 김 부장에게 오른손을 내밀었다.

"폰 줘 봐."

김 부장은 정신도 못 차린 채로 자신의 폰을 내밀었다.

"네 꺼 말고!"

"아! 예." 김 부장이 얼른 바꿔 최 작가 폰을 건넸다.

다행히 폰 비번은 걸려 있지 않아 몇 번 조작하며 녹음 기능을 찾았다. 하지만 녹음 같은 건 없었다.

"에잇!" 박 사장은 실망한 눈빛으로 최 작가 옷을 뒤졌다.

역시 녹음 장치는 찾을 수 없었다.

박 사장은 최 작가 폰을 윗옷에 문질러 지문을 지웠다. 그러고는 최 작가 손에 한번 꾹 쥔 다음 바닥에 내려놓았다.

김 부장은 이 순간이 꿈인지, 현실인지 헷갈렸다. 온몸에 힘이 풀려 그 자리에 털썩 주저앉고 말았다.

\* \* \*

똑똑!

"네, 들어오세요."

성진은 소설책을 덮었다. 표지에는 『21세기 전래동화 서스펜스! 제3편』이라고 적혀 있었다.

누군가 들어오자 성진은 얼른 병원 침대에서 이불을 걷고 미소를 지었다.

"어이구, 윤 작가! 방금 책 잘 읽었어."

성진은 땡땡이 무늬 같은 허연 환자복이 거추장스러운지 팔소매를 걷으며 들어온 이에게 반갑게 인사를 건넸다.

"아직 무명작가라서 명함도 못 내밀지."

병실로 들어서던 윤 작가는 부끄러운 듯 말했다.

"무명가수가 노래를 못해서 무명가수가 아니지. 적당한 때와 밀어줄 사람을 못 만나서 그래." 성진이 위로했다.

"그래? 그럼 이참에 올해 노벨문학상 타 버릴까? 작년엔 한강한테 빼앗겨서 너무 원통했지. 하하하!"

윤 작가 특유의 극단적 유머에 자신도 쑥스러웠다.

"하하! 앞으로 병문안 올 때는 이런 책이 좋아. 음료수 선물만 냅다 마시는 것도 너무 식상하잖아. 안 그래도 환자들이 움직이기 힘든데 화장실 자주 가기 귀찮거든. 윤 작가 책을 읽으니 아픈 것도 모르고 몇 시간이 편안했어."

성진은 허리를 일으켜 몸을 옆으로 돌려 침대에 걸터앉았다.

"책이 재밌었는지 모르겠네."

윤 작가는 침대에 놓인 자신의 책을 보며 물었다.

"새로운 스타일의 책이야. 임금님 귀는 당나귀 귀, 홍길동전, 벌거벗은 임금님, 호접몽이 서로 관계없어도 묘하게 얽혀 있네. 뭐 약간 억지 같기도 하지만 잘 읽었어."

"사실 억지 연결 좀 했어. 옛날 얘기를 현대식으로 바꿔 정치 풍자 소설로 만들다 보니 그랬지. 처음 시도한 거라 어색한 것도 있었을 거야. 다 소설이니까 이게 가능한 거지 뭐."

윤 작가는 씨익 웃으며 어색한 건 소설로만 봐 주라는 핑계를 대고 싶었다.

"소설 구조가 뭔 인셉션도 아니고 꿈속의 꿈? 소설 속의 소설? 읽으면서 헷갈리네. 설마, 지금 우리도 소설속의 호접몽 같은 건 아니겠지?" 성진 자신도 머릿속이 헷갈려 고개를 갸웃했다.

에필로그

"모르지. 또 우리를 읽고 있는 마지막 독자가 있을 수도."
윤 작가는 미간을 좁히며 긴 여운을 남겼다.